LES BRUMES DU MERCANTOUR

Jean Siccardi

LES BRUMES DU MERCANTOUR

Roman

Production Jeannine Balland
Romans Terres de France

PRESSES DE LA CITÉ

ISBN 978-2-258-07640-2

La vérité d'un homme, c'est d'abord ce qu'il cache.

J. S.

Rupi jam vincula dicas :
Nam luctata canis nodum arripit ; attamen illi,
Cum fugit, a collo trahitur pars longa catenae.

« J'ai enfin brisé mes liens, dis-tu : mais le chien qui par de longs efforts a rompu les siens traîne au cou, dans sa fuite, une longue partie de sa chaîne. »

PERSE, *Satires*, V, 158

1

Antoine Vitali réchauffait ses vieux os sur un banc face aux brumes infinies qui berçaient les Granges Neuves. Le vent enveloppait les pâturages pentus et filait en roucoulant vers les vallées. Dans un souffle de lassitude et de bonheur mélangés, l'homme s'adossa à la pierre polie par la forme de ses épaules voûtées. Une rosée abondante dégoulinait des hautes herbes et irisait les chardons de cristaux. Le printemps s'éveillait lentement et chassait les plaques de glace. Les premiers rayons dardaient une tiédeur rassurante. La journée offrait des promesses de volupté. Antoine redécouvrait à chaque saison les roches moutonnées du Mercantour, les bastions, les pilastres, les chapelles, l'ombre des sanctuaires aux carrefours des sentiers.

La nature explosait avec violence et proclamait sa rudesse. Buis et ronciers s'entremêlaient dans la nudité minérale. Les orages martelaient une sourde volonté céleste. Le Baus de la Frema, la Tête du Brec, le mont Archas... Chacun de ces sommets résonnait de mille prières dont l'écho retentissait au-delà de l'Italie. Ils portaient en eux la tradition.

Les majestueux mélèzes au ramage élancé, les pins cembro, les cluses dépouillées, le roulis des cascades, les courbes gracieuses des combes... Le doigt de Dieu avait construit un ensemble cohérent, harmonieux : un miroir de l'âme. Le montagnard savait par cœur les dentelles de Tavels arrondies par les névés, les escarpements brisés de la Tête des Bresses, le Boréon engourdi dans les nuées automnales, les lichens imprégnant les pélites sanguines, le pourpre des myrtilliers. Il s'amusait de l'humeur tressautante du niverolle, admirait le regard précieux du hibou grand duc, le vol planant du gypaète barbu, le piqué de la buse variable... A chaque saison Antoine s'étonnait de ce don hérité d'une terre dont l'éclat n'a d'égal que la fragilité.

Une nuée de géants se serraient les uns contre les autres. Chaque rocaille possédait une mémoire. Chaque pierre parlait. Les ravinements noirs détenaient un passé mystique. Les sources colportaient une nostalgie gravée dans les cayons. Les ruisseaux indomptables libéraient une vie complexe. Les falaises pointaient leurs tourments vers l'inaccessible. Il en émanait une impression indescriptible d'absence, de solitude, une monotonie presque agréable. « Dans la nuit des temps, le soleil changea quatre fois de route. Ubacs et adrets émergèrent du chaos. La Méditerranée et les Alpes s'unirent, fécondant ainsi les quatre vallées », affirmaient de lointains ancêtres.

Baguenaudant sur les pierriers, bouquetins et mouflons défiaient les lois de la pesanteur. La montagne bornait le Vésubien à une humble existence, dénuée d'hypocrisie. Mais au-delà, après les cimes de Pagari de Salèse ou des Naugettes, quelles certitudes se dessinaient ? On ne mentait pas aux sublimes crêtes. On ne les défiait pas ! Tout simplement on acceptait sa destinée. Ce terroir était celui d'Antoine Vitali. Il n'avait nullement l'intention de déranger l'ordre divin.

La neige fondait et lustrait le décor. Des à-pics se détachaient des nuages auréolés de poudreuse. Bientôt, les crocus, le ciste cotonneux, le lis orangé, la renoncule triomphante, le myosotis, la camomille ou l'orchis brûlé pointeraient leurs feuilles d'apparat et enflammeraient les aiguilles.

Antoine Vitali se redressa en s'appuyant sur sa canne. Il grimaça. Le dos le faisait terriblement souffrir. Il poussa la porte de son établissement. Des fragrances confites de vanille, de sucre, de fenouil imprégnaient les murs. Il scruta le plafond où se balançait au gré des courants d'air une suspension à pétrole en cuivre avec sa coupole de porcelaine. Des tresses d'ail, d'oignons, de tomates longues, de cèpes séchés ornaient les solives noircies. Des étagères plaquées au fond de la pièce servaient à ranger les ustensiles de restauration. A gauche de la fenêtre se trouvait la mastre[1] en noyer au châssis sculpté.

— Tu as du café ? demanda-t-il à sa femme.

— Je vais le moudre, répondit-elle.

— Pas de chicorée ni d'orge, du vrai !

— Après tu te plains de l'estomac !

— Laisse mes organes tranquilles !

Madeleine disparut dans la cuisine. D'une boîte hermétique en fer-blanc, elle mesura la quantité voulue. Elle cala le moulin entre ses cuisses et, d'un geste circulaire, broya les grains. Antoine, planté au beau milieu de la pièce, regardait la disposition des tables et des chaises, cherchant perpétuellement une organisation différente qui augmenterait la place disponible, mais en vain... Depuis des années, aucun meuble n'avait bougé. C'était bien comme ça.

Le nectar lui titilla les papilles. Madeleine lui tendit un bol fumant.

— Tu ne peux pas t'asseoir près du feu ! Tu vas attraper le froid ! A ton âge !

1. Le pétrin.

— J'ai les jambes qui tricotent encore, elles ont envie de gambader toutes seules ! répliqua-t-il.

— De la cassonade ?

— Ça coupe le goût et tu sais très bien que je n'aime pas le sucré !

Il aspira bruyamment par petites gorgées le breuvage brûlant, lava le bol avec une goutte d'alcool blanc et l'avala en claquant la langue.

— A mon âge... Tu plaisantes ! J'ai une carcasse de bouc, rigola-t-il, des artères de jouvencelle et un cabochon de mulet ! Que me reproches-tu ?

— Fais le malin, tu y resteras comme tout le monde !

— Ça te ferait plaisir !

— Des fois, je me dis que la vie serait plus paisible. Je ne t'aurais pas toute la journée entre les pattes !

Madeleine se remit à son labeur. Elle repassait les nappes, le linge, accrochait les rideaux à petits carreaux blancs et rouges, s'activait au grand ménage. Elle astiquait, décroûtait le plancher des gerçures du froid, cirait huche et buffet, organisait les placards, rangeait les bocaux stérilisés. Le moindre détail comptait afin de satisfaire les fidèles admirateurs d'une cuisine hors pair.

L'auberge du col Saint-Martin était le lieu de passage obligé si l'on voulait se rendre à Saint-Dalmas, puis dans la vallée de la Roya. D'immenses châtaigneraies – l'arbre à pain – adoucissaient les contreforts et donnaient un semblant d'opulence et de sérénité. Vitali vivait encore à l'heure ancienne. Il prédisait que la modernité ne lui apporterait que des ennuis, décrétait que les lampes à pétrole et les bougies possédaient encore de beaux jours.

« Pour devenir centenaire, il faut se coucher avec le crépuscule et se lever au chant du coq », conseillait-il à ses invités.

Il ne se laissait aucunement envahir par la tyrannie des modes.

« On ne me fera pas avaler n'importe quoi ! » rouspétait-il si quelques représentants effrontés osaient grimper jusqu'au col Saint-Martin.

Malgré les sollicitations de Madeleine qui souhaitait un peu plus de confort, le patriarche demeurait inflexible.

Les Granges Neuves, une solide bâtisse carrée de granit brun, à la longue toiture d'ardoise, bien exposée au soleil levant, ne fermait jamais. Lorsque l'accès devenait difficile, le voyageur trouvait toujours de quoi se sustenter et se réchauffer à moindre prix. Mais les précoces flocons annonçaient un ralentissement inévitable de l'activité. Seuls des officiers de l'infanterie alpine ou du régiment de troupes de montagne en garnison à Rimplas bravaient les congères et venaient dépenser leur solde. Lorsque la tourmente sévissait, ils prenaient pension et attendaient que la tempête fléchisse.

Madeleine, une femme d'âge mûr, brune, assez grande, portait sur son visage l'empreinte d'un climat hostile. Une beauté indéfinissable se lisait sur ses traits. Lorsqu'elle déposait l'anisette ou le vin de noix sur la table, on devinait des mains lourdes et grasses, habiles, sculptées par un labeur acharné. Elle régnait en maîtresse absolue sur un univers de fourneaux, de faitouts, de marmites en fonte, de tians, de jattes, de toupins[1], de chaudrons, de casseroles en fer battu, de dourgues[2]. Elle s'activait avec bon sens, précision et expérience. Dans les poêlons frisaient les fonds de sauce qu'elle rapprochait ou éloignait de la flamme. Elle goûtait, assaisonnait jusqu'à ce que la perfection dévoile les sublimes sucs.

Elle n'admettait aucun gêneur dans son domaine. Même son mari ne pouvait y vaquer à sa guise. Ses silences, lourds parfois, mettaient mal à l'aise. Elle appréciait du premier coup d'œil le bec fin qui se pourlèche par avance les babines, le glouton dont le sourire béat éclaire la figure, le gourmand bien rond qui va dévorer, l'ému qui saucera l'assiette avec de bonnes tranches de miche croustillante, se sucera

1. Pots.
2. Cruches.

les doigts et décorera de « bignettes » les immenses serviettes qui entourent son cou, protégeant ainsi gilet et chemise. Par contre, elle subissait sans mot dire les capricieux, les chicaneurs qui picoraient du bout des lèvres, sirotaient de travers comme si le vin n'était qu'une vulgaire piquette. Madeleine organisait alors une aubade séductrice. Personne ne devait repartir déçu. Tous les convives étaient logés à la même enseigne, servis avec honneur et respect. Le plaisir, la simplicité, les sensations aromatiques demeuraient le leitmotiv de l'enseigne.

Cochonnaille, civet de sanglier, daube de chamois, gnocchis, soupe de châtaigne, escargots, fromages de vache accompagnés d'un délicat dolcetto ou d'un chianti au tanin de violette, tartes aux myrtilles, aux groseilles ou aux fraises sauvages composaient des menus qui s'achevaient toujours par le fameux génépi pour faire tout descendre dans l'estomac.

« Le meilleur des médicaments, commentait Antoine. Trouvé par moi-même et fabriqué par la patronne ! »

Ces mets tenaient bien au corps et devaient rassasier les âpres montagnards ou les touristes qui venaient respirer le dimanche l'air pur du col Saint-Martin.

« Plus ces plats sont réchauffés, expliquait-elle, plus les saveurs restent au fond de la bouche. »

Pendant que Madeleine œuvrait, le père Vitali, rencogné près de l'âtre, observait le bon déroulement du déjeuner. Sitôt une bouteille vidée, il la remplaçait, ne laissant jamais les palais s'assécher.

Parfois, dans le cliquetis des fourchettes, des couteaux et les mâchonnements des mandibules, on entendait :

« Les bûches ! »

Antoine obéissait illico. Jamais un bris de vaisselle ni une carafe ébréchée, l'attention de Madeleine se portait sur de tels détails. Rien ne devait perturber le bon déroulement du service. Sa réputation s'étendait bien au-delà du canton. Aux beaux jours, les citadins encostumés arrivaient en tramway à Saint-Martin-Vésubie, prenaient la diligence pour venir banqueter aux Granges Neuves. Les dames avec leurs escarpins de ville pataugeaient dans la boue en gloussant de petits cris effarouchés, ce qui amusait beaucoup Antoine. Après le festin, tout ce beau monde dégrafait la ceinture ou le corset et se laissait aller à d'éternelles méditations digestives.

Deux fois par an, les agapes prenaient une tournure très mondaine. Madeleine dressait de longues tables pour de somptueux festins et disposait les petits plats dans les grands. Les députés Poullan et Grinda, le comte Bonjetour, le comte d'Hangrain, le comte de Casserta arrivaient tôt dans la matinée en automobile. Ce jour-là, ni patache ni diligence !

Ces grandes familles du canton se réunissaient, discutaient politique et affaires, allumant d'énormes cigares et sirotant non pas du tord-boyaux, mais des cognacs ou des armagnacs millésimés que Madeleine commandait et gardait précieusement à la cave. Ils avaient hérité d'une fortune bâtie sur le commerce du sel. Leurs aïeux, propriétaires des entrepôts de Saint-Martin-Vésubie et Saint-Dalmas, contrôlaient jadis l'ensemble du trafic sur la route muletière qui franchissait la chaîne alpine par le col de Fenestre et transitait vers l'Italie. Depuis le Moyen Age, cette activité n'avait cessé de croître. D'incessantes caravanes chargeaient chez eux ce véritable or blanc qui servait à la conservation des aliments, au bétail et à la tannerie. Afin de remercier le ciel de ce don économique, les moines bénédictins de l'abbaye de Pedona érigèrent l'église romane Sainte-Croix à l'emplacement du martyre du soldat Dalmas.

Un escalier assez raide menait à l'étage. Huit petites chambres au confort sommaire pouvaient accueillir pour une nuit ou plus les voyageurs et leur permettre de récupérer des forces après des heures de marche. Des murs tapissés de fleurettes roses, un lit étroit à bateau où les draps sentaient bon le savon de Marseille, une commode en noyer, une tablette ronde, des brise-bise aux fenêtres, des volets intérieurs composaient un intérieur typique.

Saoûl d'altitude, repu par un solide repas, l'hôte ne demandait pas son reste, tombait comme une masse sur l'édredon et s'endormait d'un sommeil réparateur, ne se doutant pas que l'aube lui réserverait la féerie d'un royaume agreste et sauvage.

2

A Saint-Martin-Vésubie ou à Saint-Dalmas-de-Valdeblore, l'institution des Granges Neuves suscitait l'admiration et certaines appétences. Malgré l'apparente sévérité d'Antoine, on savait très bien que sa femme portait la culotte. Vitali subissait l'énergie débordante de celle-ci sans vouloir s'y opposer. Le four communal résonnait des baragouinages des femmes.

« T'inquiète, la Madeleine, elle fait son beurre ! racontaient-elles.

— Y a peu de temps, ils ont acheté le bois de la Chaussinière... affirmait une grincheuse en robe de deuil.

— Et les granges de la Chamaria, reprenait une autre.

— Ça ne vaut pas un sou ! Que des broussailles et des ruines ! Pour une affaire, c'est une affaire ! Même si on me les donnait, j'en voudrais pas !

— Si ça pèse des clous, alors pourquoi les Vitali s'y intéressent ?

— Demande-leur ! Tu me fais rire ! Tu restes chez toi toute la sainte journée et tu bavasses ! Tu es de leur famille ? Non ! Alors, fous-leur la paix ! » s'exclamait une matrone excédée par ces couinements insupportables.

Les discussions revenaient dans les cafés où l'on tuait le temps à coups de petits rouges et d'anisette. Le Vert Galant, le bar des Chasseurs, le bar des Alpes étaient le rendez-vous de ceux qui savaient tout, avaient tout vu et expliquaient surtout ce qu'ils ne connaissaient pas !

« Il enterre des bouteilles de coulis de pièces d'or un peu de partout ! soufflait un buveur entre deux lampées.

— Comment tu le sais ?

— Nettou le berger l'a vu creuser des trous !

— Espèce de balourd, lorsque midi sonne, le Nettou est déjà tellement plein d'alcool qu'il ne tient plus droit et s'accroche aux gouttières de la venelle en gueulant : “Le vin ça soigne, l'eau froide ça fait mal aux reins et ça donne la colique !” Combien de fois sa femme l'a ramené chez lui avec pertes et fracas ! »

Les ragots révélaient une mentalité étroite, bornée, où les jalousies couvaient. Personne n'y échappait. Il fallait exister et vivre au cœur d'une société refermée sur elle-même, soumise aux superstitions ancrées dans la nuit des temps, aux croyances cultivées par des pratiques religieuses rigoureuses. Les saints étaient vénérés par d'innombrables pèlerinages. Le curé bénissait les campagnes, les pâturages, les vacheries. Le fruchier[1] offrait à la statue en bois polychromée de la Madone des Fenestres ses fromages afin que la production soit de qualité, que la maladie épargne bovins et bergers. Les légendes hantaient les esprits, même les plus endurcis. On se méfiait des mascas, ces bonnes femmes méchantes qui à la nuit tombée erraient dans les ruelles. On bouillait alors de l'eau dans un pot en terre, on se signait avec les mains pleines de sel gros et on le jetait sur le pas de porte.

Et les vieilles disaient à leurs petits-enfants :

« Attention ! méfie-toi de celle-là, parce que c'est une masca, elle va te donner le malheur ! »

Les fées dansaient sur un plateau nommé le Balaour et s'endormaient au *caire dei chambro* – le rocher des chambres – pour se réveiller l'année suivante. Elles jouaient sur le mont Raja avec d'énormes pierres, les faisaient rouler de vallon en montagne. Si elles ne prenaient pas garde, lorsque la cloche de Saint-Dalmas, baptisée Marie, tintait, elles se figeaient fossilisées dans un bloc de calcaire.

1. Celui qui fabrique les fromages.

« Avança, avança, quouro Maria Dalmasso souono poude plu avançar ! » « Avance, avance, quand Marie de Saint-Dalmas sonne, on ne peut plus avancer ! » Le jour des Rameaux, le caire des Rajou s'ouvrait en deux à la lecture de l'Évangile. Il se refermait brutalement à la fin du sermon, emprisonnant les pâtres imprudents qui s'aventuraient sur ses flancs. Des rebouteuses enlevaient le coup de soleil ou l'érésipèle avec une bague ou une pièce en or. Elles « croisaient » la figure de l'ensuqué et marmonnaient des prières noires. La salamandre, le hibou, le crapaud – *lo bàbi* – alimentaient la crédulité des gens ; comme disaient les anciens : *« Diéu te preserva dal cant de la serèna e dal souflo de l'alabrena. »* « Dieu te préserve du chant de la sirène et du souffle de la salamandre. »

Les veillées réunissaient voisins et familles. Lors d'interminables soirées, ils discutaient du quotidien ou chantaient en patois, provençal ou français. Les hommes, entre eux, chuchotaient leurs secrets : champignons, parcelles à vendre, troupeaux à louer, pâturages à occuper. Les femmes filaient la toile. Les plus âgés, ceux qui ne pouvaient plus escalader, enjolivaient leurs exploits de chasse passés. L'auditoire attentif les écoutait avec un plaisir chaque fois renouvelé. « Avant, c'était toujours plus difficile qu'aujourd'hui… » On partageait aussi des anecdotes drôles. Le quotidien résidait au creuset des préoccupations. L'absent avait toujours tort et subissait des reproches sournois :

« Il n'aurait pas dû faire comme ça !

— Un falabrac ! Ce jouve a une cervelle de sansonnet, s'il en a une !

— Ça lui retombera dessus ! Après il viendra pleurer chez ses parents ! »

Ils racontaient les jeunes qui grandissaient et se fréquentaient d'un peu trop près en cachette ou bien, suprême délectation, lorsqu'ils avaient surpris une sainte-nitouche et son amant au détour d'une grange ou dans une meule de foin.

L'histoire de la princesse de Valdeblore clôturait chaque soirée comme si elle définissait le bien et le mal et apaisait les esprits. Elle donnait la chair de poule aux âmes sensibles et le conteur ne manquait pas à chaque récit d'en rajouter.

« Saint-Dalmas était gouverné par un seigneur barbare, puissant qui maltraitait sa femme. Celle-ci ne pouvant plus supporter son martyre décida un jour de fuir loin, très loin afin que nul ne la retrouve. Elle se réfugia dans la grotte de la Balme de la Frema. Affamée, touchée par un froid intense, des femmes du pays lui apportèrent vivres, habits et couvertures. Elle décida de poursuivre son périple vers la Lombardie, chez des cousins. Mal chaussée, mal vêtue, blessée aux pieds, les orages l'empêchèrent de traverser les Alpes. Elle s'arrêta à la falaise de Pepouiri – pied pourri. La

gangrène commença à la ronger. Elle se reposa quelque temps mais voulut continuer son voyage. Elle marcha, affronta tous les dangers, ignora les loups qui la pistaient. A bout de forces, lasse et épuisée, elle se coucha dans le creux d'un arbre et abandonna son âme au Christ. La neige lui offrit un linceul immaculé. Elle monta au paradis. Les gens de la vallée ne trouvèrent son corps parfaitement conservé dans la glace qu'au printemps suivant. Cette montagne s'appelle désormais la Frema Morte, la Femme Morte[1]. »

Le carnaval offrait aux Vésubiens l'occasion idéale de se confronter à leur histoire. Le soir de l'Epiphanie, un héraut à cheval annonçait les réjouissances du lundi gras, du mardi gras et du mercredi des Cendres. Le village palpitait. La *cascavalhièro*, des grelots cousus sur son chapeau pointu et sur sa ceinture, avertissait du passage du fou de Sa Majesté : le *biffou*. Costumé en arlequin, il incarnait un personnage à double visage : le *biffou Djouve*, le célibataire, et le *biffou Madge*, celui qui est marié, souvent le dernier de l'année. Il tenait fermement une *massetto*, une pièce de bois d'un seul tenant prolongée par de fines lamelles. Une bourse de cuir contenant des noix, des noisettes, parfois des pièces, attachée solidement à son poignet

1. *Paroles d'un pays. La tradition orale dans les Alpes du Sud*, José Cucurullo, Serre éditions, 1983.

constituait l'attraction que les enfants tentaient de lui dérober.

Les *abbats*, aux hallebardes enrubannées, élus lors de la fête des Garçons à la Saint-Evangéliste, ouvraient la marche au son du fifre et du tambourin. Ils visitaient tous les foyers, quêtaient de l'argent ou des victuailles. Malheur à celui qui avait été omis, par un simple oubli ou une rancune tenace. Il fermait sa porte aux réjouissances. Cela constituait un affront social majeur. Le *porto-cavagn*, l'aide de camp, lui aussi équipé d'un gourdin, récoltait dans une corbeille les dons et les jetait à la volée aux gamins.

Les bistrots bourdonnaient de jeunes hommes provocateurs. Dans certains quartiers, ils dressaient de véritables guets-apens. Ils tapaient sur les oiseaux de mauvais augure qui entravaient le défilé, réglaient des vengeances personnelles, mettaient le feu aux écuries avec les bêtes dedans si un habitant était exclu de la communauté. Ils « faisaient courir les souris », hurlaient-ils. Saint Antoine bénissait leurs exactions puisqu'il éteignait leurs incendies. Inévitablement, les rivalités explosaient. Des bandes déguisées participaient à leur manière aux divertissements. Les Cugulets[1] venant de

1. Fleurs jaunes.

Venanson, les Bannets[1] de Belvédère, les Amolhans de la Bollène, les Cougourdiés[2] de Lantosque affrontaient les festifs dans de véritables combats de rue.

La trêve arrivait le mercredi des Cendres. Une farandole monstre suivait les rues de Saint-Martin. Le Camamentran, accompagné jusqu'au bûcher par des jeunes portant le costume des pénitents blancs, était brûlé. Lorsque les flammes montaient, les musiciens entamaient l'air de l'*Adièu paure Carnaval.*

Au cours du sympathique *ambigut*, ou vin d'honneur, on signait la paix jusqu'aux prochaines libations. On trinquait, se vantait de ses exploits, comptait les blessés. Mais dans les têtes germait déjà un formidable désir de revanche.

La fête des Châtaignes d'octobre et novembre clôturait les rassemblements. L'automne engourdissait la vallée. Les routes étaient coupées durant de longues semaines par les glissements de terrain. Certains patelins comme Mollières restaient des mois isolés de la civilisation. Les nuages noirs enveloppaient le pays d'une chape opaque. Un long vide résonnait sur les clochetons. Les feuilles noircies par le gel nocturne tombaient dans les abreuvoirs.

1. Cornes.
2. Courges.

Les vols de corneilles apportaient une touche funeste. Les premières grives virevoltaient dans les frondaisons. Parfois, le jour ne se levait même plus. Fatalistes, les montagnards confinés dans leur maison guettaient la terrible neige qui s'accumulait par strates jusqu'à hauteur d'homme. Les semaines s'écoulaient lentement, trop lentement.

Aux Granges Neuves, Antoine et Madeleine emmagasinaient les provisions, coupaient le bois, se préparaient aux durs frimas de l'hiver.

Deux enfants naquirent de leur union : Boniface et Adrien, son cadet d'un an. Des garçons débrouillards, pleins de malice, robustes comme les cimes qui entouraient le col Saint-Martin. Ils fréquentaient peu l'école. L'enneigement, le brouillard, la bise... enfin ils trouvaient toujours un prétexte fallacieux pour éviter cette corvée ennuyeuse. Alors, la mère les initia tant bien que mal à la lecture et au calcul.

« L'essentiel ! affirmait-elle. Le reste n'est que fariboles. »

Très tôt, ils vagabondèrent dans les grands espaces vierges. La magie des forêts leur offrait un enchantement qui préfigurait l'immortalité. Ils côtoyaient les mouflons, imitaient le hurlement du loup, bondissaient dans les ravines, pêchaient dans les étangs d'altitude. L'alchimie des baumes, les effluves de gentiane, de digitale jaune, de trolle les projetaient dans un univers prodigieux. Malgré cette liberté, les gamins grandirent dans la rigueur et l'obéissance. Ils ne badinaient pas avec l'autorité et le respect des parents.

Madeleine et Antoine n'appréciaient aucunement l'oisiveté. Très tôt, ils les mirent aux vaches et aux chèvres. Placés chez Casimir Maïssa, un cousin célibataire du Villars, il fallait qu'ils comprennent qu'à la montagne on ne s'amuse pas, que le pain que l'on mange, on l'a vraiment mérité. Sous leur lourde pèlerine, ils subissaient les vagues de pluie, la chaleur torride et le silence, leur pire ennemi. Lorsque le patron venait les chercher, jamais un mot gentil, jamais un encouragement. Il recomptait le troupeau, vérifiait qu'aucune bête ne s'était égarée. Boniface et Adrien devaient devenir des hommes et ne pas se plaindre. Le soir, fièrement, ils remettaient au père la pièce de dix centimes, salaire de leur journée.

3

Noël était le seul véritable moment de fête. Antoine tuait un lapin ou un cabri. Madeleine préparait une somptueuse table avec une nappe blanche, des couverts argentés, des verres à pied, un bougeoir et une tresse de buis. Elle confectionnait les raviolis, le plat des grandes occasions. Elle pétrissait délicatement la pâte. Sur une planche, à l'aide du rouleau elle l'étalait en bandelettes qu'elle garnissait de petits tas de farce aillée, puis rabattait les bords. D'un mouvement précis de l'auriculaire, elle délimitait les parts à découper à la roulette et jetait ensuite la préparation dans une marmite d'eau salée. Quelques minutes après, les raviolis flottaient. Alors délicatement avec l'écumoire, elle les arrangeait dans un plat en faïence, les arrosait de jus et les recouvrait de copeaux de parmesan.

Plus tard dans la soirée, si le clair de lune illuminait les étendues immaculées, le cousin Casimir Maïssa rejoignait à dos de mulet les Granges

Neuves. La bête traçait toujours son chemin là où l'homme se perdait, bravant la tempête qui aveuglait le cavalier.

La mise en place de la crèche était un rituel fabuleux. Madeleine sortait de l'armoire un carton de santons emballés dans du papier journal. Ces statuettes sculptées dans du bois d'olivier ou de hêtre par les grands-parents lors des transhumances transmettaient les croyances de la famille. Antoine recouvrait la tablette de la cheminée de mousse et disposait les figurines une à une selon un cérémonial précis. Lui seul avait le droit sacré de les manipuler, même s'il ne mettait jamais les pieds à l'église car, affirmait-il, les prêches du curé sont bons pour les femelles ou ceux qui ont de sombres péchés à se reprocher. Il ignorait les sacrements, mais honorait respectueusement la Nativité. Madeleine plantait ensuite dans une soucoupe le blé ou les lentilles pour honorer sainte Barbe. Si elles verdoyaient, la saison serait fructueuse.

Ils réveillonnaient tous les cinq à la lueur des flammes de l'âtre. Les bûches pétaient. Elles avaient été choisies avec soin et bénies avec un rameau de buis. Elles se consumaient une semaine durant, réchauffant ainsi l'Enfant divin et éloignant les mauvais esprits. Des gerbes d'étincelles remontaient dans la cheminée. Les tracas restaient sur le seuil de la maison. Les Granges Neuves devenaient un havre de paix et de joie. Ils dégustaient à petites gorgées du vin pétillant qui tournait les têtes et ruisselait dans la gargamelle. Lorsqu'ils percevaient les douze coups de minuit, montant de Notre-Dame-de-l'Assomption, ils se signaient et mettaient le Jésus dans le berceau de paille. Madeleine apportait le dessert composé de beignets aux pommes frits dans l'huile nouvelle, des ganses et une panière de fruits secs. Lorsque les paupières tombaient, qu'ils piquaient du nez dans l'assiette, Boniface et Adrien allaient se coucher, abandonnant les adultes à d'interminables discussions.

Le lendemain, sous les branches du sapin ils découvraient leurs cadeaux qu'ils déballaient précautionneusement. Toujours des présents utiles : gants tricotés, bonnets, chaussettes, ainsi que des friandises : chocolat enveloppé dans du papier doré, pâtes de fruits, clémentines. Le reliquat du repas de Noël était gardé pour la semaine suivante, le jour de l'an.

« Moi, jamais on ne m'a gâté de la sorte, mis à part des coups de trique ! claironnait Antoine.

— Le bon temps ! ajoutait Casimir. On ne s'est jamais plaints ! Si on en faisait une de travers, à l'étable et sans manger pendant plusieurs jours !

— Maintenant les gosses ont tout ce qu'ils demandent... On est trop couillons ! Le superflu, c'est bien des idées de gâteuses ! Un bâton en houx, des godillots cloutés, en cuir, qu'ils peuvent garder toute la vie devraient les satisfaire ! Trop, c'est trop, ça ramollit les cervelles... Après ils deviennent comme toutes ces chochottes de la ville ! »

Le dernier quartier de lune de janvier correspondait à la période où l'on tuait le cochon. Casimir Maïssa choisissait trois bêtes de bonne taille et les mettait à la diète, ce qui facilitait l'abattage car les intestins se vidaient et la qualité de la viande n'en était que meilleure. Les Vitali se rendaient à la ferme du Villars, à une heure de carriole. Emmitouflés dans d'épaisses pèlerines, ils se couvraient les jambes avec de chaudes pelisses en peau de lapin. Le cousin avait préparé les ustensiles nécessaires aux diverses manipulations. Dans un chaudron de bonne taille, une quantité d'eau conséquente bouillait sur un feu d'enfer. Une fébrilité intense animait les hommes et excitait Boniface et Adrien. La mise à mort entraînait une sorte de cruauté puérile.

La matinée commençait par un coup de gnôle de raisin ou de prune. Les enfants finissaient la lichette du fond du gobelet. Les veines et la poitrine se réchauffaient brusquement. Antoine, avec une dextérité impressionnante, entravait les pattes arrière du sacrifié et, à l'aide d'une solide corde, le tirait vers une longue caisse en bois où seule la tête dépassait. On muselait le groin et le tirait en hauteur. Le couteau tranchait les artères du cou. Le sang s'écoulait par jets dans le seau. Madeleine le remuait avec un bâton afin qu'il ne caille pas, salait, fouettait énergiquement ce qui servirait à confectionner le boudin. Un tablier bleu, ceint à la taille, la protégeait des éclaboussures.

Le porc poussa des couinements horribles. Il se voyait crever. Ces hurlements n'altéraient pas l'esprit des gamins. Aucun trouble ni image délirante ne les perturbait. Ce supplice faisait partie des us et coutumes. Ils l'acceptaient tel quel, sans se détourner du vrai visage de la vie rurale.

— Les minots, passez-moi donc le tranchant à fine lame ! gueula Casimir.

— Remuez-vous ! On n'a pas la journée ! lança le père.

Il saisit la tignasse de Boniface collée par la sueur et les cendres, et l'envoya vers l'étal où était exposée une impressionnante série de coutelas.

Boniface fixa la matière onctueuse, chaude, gluante. Ses yeux se troublèrent. Une sensation diffuse le pénétra. Ce n'était pas de la peur ni de la répulsion mais un sentiment indéfinissable, presque jouissif. Il eut envie de tremper ses mains jusqu'aux coudes, de malaxer ce bouillon écumant. Quel goût a donc le sang vif ? se demanda-t-il. Les muscles de la bête se resserrèrent. Les membres se tendirent dans des sursauts désespérés et fléchirent. La chair pâlit. Le regard se referma et s'effondra dans l'inconnu.

— Si on accrochait un type à l'échelle, ce serait pareil ? lâcha Adrien.

— Sais pas...

— Tu crois qu'il pisserait comme ce goret ?

— Ma foi ! répondit Boniface.

— Et de la même couleur ?

— Peut-être...

— Aussi épais ?

— Trempe ton doigt, lèche et tu verras...

— Tu crois que la viande d'un mec est bonne à bouffer ?

— Si tu as les crocs, tu dévorerais n'importe quoi, même ton père ou ta mère ! Ce n'est que de la bidoche !

Les hommes s'activaient autour de la dépouille. Des traces vermillon maculaient leur front et leurs joues. Ils la lavèrent à l'eau brûlante afin de ramollir la peau et s'attelèrent au rasage d'une véritable toison de poils blonds et rêches ressemblant à des fils de soie. Casimir entailla chaque articulation, rompit d'un coup sec les tendons et lia le crucifié sur l'échelle, la tête vers le bas. Ils procédèrent alors à un second lavage à froid. Un dépeçage précis et méthodique débuta.

Trachée-artère, langue, intestins, cœur, foie, cervelle, estomac, poumons étaient récupérés avec soin. Antoine aiguisa une courte hache et fendit la carcasse en deux quartiers, transportés ensuite sur l'établi pour le découpage et le salage. Pendant ce temps-là, Madeleine, aidée par des paysannes du Villars, confectionnait à la cuisine les tripes au vin blanc et à la tomate, les caillettes [1], le fromage de tête, les saucissons, désossait les côtes... Rien ne se perdait, tout était parfaitement utilisé.

La graisse blanche, le saindoux, mise en pot servait autant pour agrémenter les menus que pour l'entretien des chaussures.

A la nuit tombée, Casimir, les Vitali et les tâcherons dégustaient la fricassée élaborée à base de gaille, viande prélevée au cou de l'animal. Ils estimaient le poids, la quantité de jambon, de lard, de poitrine, se demandaient s'ils allaient tenir jusqu'à l'automne suivant. Les cochons devaient assurer à la fois la nourriture pour l'année ainsi qu'une viande et une charcuterie de première qualité pour l'auberge. Ensuite, chacun trouvait sa place dans le foin au-dessus de l'étable, profitant de la chaleur des vaches. Ils s'enroulaient dans une couverture et s'endormaient. Le lendemain serait aussi laborieux.

1. Préparation d'ail, persil, sel, poivre, morceaux de viande, foie, langue et cœur, entourée de crépine, ficelée avec du chanvre et cuite.

Le pénible apprentissage de Boniface et d'Adrien se poursuivit des étés durant. Au début du mois de juin, ils montaient aux vacheries de la Madone des Fenestres, du Boréon ou de Salèse et n'en redescendaient qu'à la fin septembre pour la Saint-Michel. Ils marchaient lentement vers les hauteurs sur des pistes de poussière volatile. Les herbes roussies craquaient sous leurs semelles. Ils suivaient le troupeau ou le troupeau les suivait dans une sorte de pèlerinage. Les génisses s'effilochaient sur une centaine de mètres. Les chiens rabattaient celles qui sortaient de la piste, ouvraient l'itinéraire, guettaient le danger, jetaient des regards approbateurs et malicieux vers leur maître.

— Bientôt, si vous continuez sur cette lancée, je vous nommerai *pastre-maje* [1] et vous serez récompensés de deux francs supplémentaires par semaine, si aucune bête ne tombe malade ! leur annonça Casimir.

— Pour la traite ? demanda Boniface.

— C'est compris dans la solde !

— Et le *fruch* [2] ? questionna Adrien.

— Deux centimes par fromage, c'est le prix du marché !

— Deux centimes !

1. Celui qui choisit les pâturages.
2. Fromage.

Boniface faillit s'étouffer.

— Tu te fous de nous ! s'égosilla Adrien.

— C'est comme ça ! Si vous n'êtes pas contents, à Saint-Martin-Vésubie je connais au moins dix Piémontais qui prendraient votre place, et sans gémir !

L'avarice de Casimir démontrait qu'il ne détonnait pas parmi les autres éleveurs de la vallée. Ils économisaient sou après sou et ne dépensaient que le strict minimum. Certains avaient l'air de pauvres bougres, ressemblaient aux mendiants qui quêtent sur le parvis de l'église, mais le cheptel et l'étendue des campagnes démontraient qu'ils étaient cousus d'or.

— Vous devez apprendre le métier d'abord, après on verra. C'est votre père qui le veut ainsi.

— Antoine ? Qu'est-ce qu'il a à voir dans nos affaires !

— Arrangez-vous avec lui. N'oubliez pas que je vous loge et vous nourris.

— Il ne l'emportera pas au paradis, je le jure, marmonna Boniface à son frère.

— T'as raison, frérot ! Un de ces quatre matins, on lui fera dégueuler ses économies.

Le cousin ne se mouillait pas trop. L'obole proposée ne le ruinait pas et ne compensait pas ces heures terribles, sans compagnie, sans parler, avec l'infinie solitude qui érode les esprits et amène à la folie sans que l'on s'en aperçoive. Combien de fois Boniface et Adrien se demandèrent si leur voix avait encore un son ? Discourir avec les nuages et les étoiles, parlementer avec les caillasses créaient une angoisse insupportable. Le roulis des ruisseaux se figeait pour l'oreille, les imprégnait d'un grondement lassant. Ils sursautaient au moindre bruit qui perturbait les sonnailles, craignaient la foudre qui sème la panique, éparpille les bêtes et les entraîne vers les précipices. L'ignoble attente réprimait la sève qui chauffait leurs ventres d'adolescents. Après les pacages, il n'y avait qu'un grand vide. Les sommets hautains pesaient sur leur échine. Ce qui avait forgé leur enfance s'altérait dans une morne lassitude.

Leurs conditions de logement s'avéraient plus que singulières. Quatre piquets en rondins, des planches en travers, des branches de sapin, une botte de paille étalée constituaient le couchage. Le manteau – la *ropa* – servait de couverture. Pas de porte à la cabane, ni même un rideau : qu'il pleuve, vente, grêle ou neige, ils devaient toujours avoir l'œil sur les vaches, repérer la bête souffreteuse ou blessée, ramasser les plantes médicinales afin de les soigner, ne pas les laisser pâturer n'importe où, éviter qu'elles ne s'enfuient. Le feu brûlait entre quatre pierres posées sur la terre battue. Ils se nourrissaient de caillé, de soupe avec des pâtes, de viande séchée. Le pain gris et dur comme la pierre possédait un éternel goût amer, un goût de moisi.

Ils s'occupaient comme ils pouvaient, sciaient les bûchettes pour faire chauffer le lait, moulaient les fromages, les pesaient, les étalaient sur des treillis de roseau, les tournaient maintes et maintes fois par jour, les comptaient, les recomptaient, inscrivaient la production journalière sur le registre.

Il fallait ne pas penser, vaincre le temps, guetter le soleil qui se couchait derrière les barres de la Lèche et le mont Cavalet. Ils devaient s'habituer à l'absence et se plier au joug du *pater familias*.

4

Casimir livrait une fois par semaine le ravitaillement, le sel et établissait les comptes. Il repartait avec la production qu'il revendait aussitôt aux coopératives du canton, sur les marchés ou les foires. Les garçons possédaient le *gaubi*, le tour de main, et apprenaient vite. Le pécule de l'éleveur gonflait. Il se frottait la panse. Ses apprentis ne lui coûtaient pratiquement rien. Il bénissait Antoine et Madeleine.

« Les petits Vitali, les meilleurs depuis longtemps ! Ceux-là je me les garde. Ils ne font que de la première qualité ! Que du bénéfice ! Pas de perte ! »

Lorsqu'ils revinrent de cette interminable migration, l'éternité s'était écoulée. Etrangers au pays, étrangers à eux-mêmes et à leurs parents, ils ne leur adressèrent qu'un vague bonjour. Les Granges Neuves leur parurent désuètes. Ils n'avaient que peu de chose à raconter. Ils ne répondaient pas aux questions et gardaient en eux un poids difficile à libérer. Ils ne comprenaient plus le monde qui les entourait.

— Vous avez encore grandi et forci ! Regarde-moi ça, Antoine, de vrais hommes à présent ! Des costauds pleins de vigueur ! Au bal, vous allez en faire tourner, des têtes !

— Buvez un coup, les bergers ça sirote de la grappa quand ils rentrent au bercail ! Un retour de transhumance, ça se fête ! déclara fièrement le père.

Il déboucha une bouteille plate à l'étiquette illisible.

— A la vôtre, mes enfants !

Ils burent contraints et forcés mais n'avaient pas soif. Ils partagèrent le repas mais n'avaient pas faim. Soudain Boniface rompit ce simulacre de retrouvailles :

— C'est bien beau d'arroser notre retour, mais Casimir nous doit les cinq mois passés aux vacheries !

— On ne travaille pas pour sa bonne poire ! répliqua Adrien agacé.

Antoine tapa du poing sur la table.

— Le cousin est un homme honnête. Il m'a donné à la fin de chaque mois votre dû. C'est à moi de gérer vos salaires, car, on le sait, les jeunes ont les mains trouées et dépensent sans compter ! Par contre si vous avez besoin d'une chemise chaude ou d'un pantalon, votre mère ira à Saint-Martin-Vésubie. Evidemment on déduira le coût comme il se doit ! Nous prélèverons aussi une somme pour la pension et le linge.

Ils partagèrent un regard d'impuissance. De ne pouvoir s'opposer au père féconda un profond sentiment d'injustice, une colère rentrée. Un éclair fulgurant traversa leurs pupilles. Ils se comprirent aussitôt. Il ne serait plus question ni de vaches ni de brebis ni de trimer pour un voleur. Ils repoussèrent leurs assiettes et montèrent dans la chambre, sans un bonsoir.

Septembre déclinait en journées de plus en plus courtes. Les hirondelles tourbillonnaient et piquaient sous les faîtières, entraînant les oisillons dans leur migration. L'odeur entêtante des brûlots annonçait le froid. Une tension palpable régnait aux Granges Neuves. Les fils ne parlaient plus aux parents, ce qui minait Antoine.

— Qu'est-ce qu'ils complotent dans leur piaule ? Je vais te remuer ces feignasses ! Ils s'enferment à clef. Nous ne sommes pas des étrangers !

— Débrouille-toi avec eux, répliqua Madeleine. J'ai d'autres occupations.

— Y en a pas du boulot au Villars ! Faut préparer l'hiver et Casimir n'a que deux bras !

— Le Villars, toujours le Villars ! Trouve une autre rengaine pour passer tes nerfs !

Attablés dans un recoin, les frères observaient attentivement le spectacle des clients. Colporteurs, négociants se vantaient d'une excellente tournée.

— Meilleure que l'an passé, affirmait l'un.

— Moi, je remonte de Manosque. J'ai démarché sur Nîmes et la Camargue. Il m'a manqué de la marchandise, mais j'ai un carnet de commandes plein ! déclara un marchand à la veste garnie de boutons dorés, descendant jusqu'aux genoux, sur des pantalons de drap et des bottines en cuir.

— Le Mâconnais et la Bourgogne, reprit un troisième, ce n'est pas mauvais. J'ai écoulé ma pacotille en un rien de temps. J'ai dû revenir à Cuneo pour me réapprovisionner. La cretonne, les coupons de velours, les culottes en soisine, les ceintures en cuir ou en flanelle, les parfums, les mouchoirs de Mondovi ont eu un succès du diable ! Si cet hiver le col de Cerise n'est pas bouché, je me remets en route !

— Tu vois, chuchota Boniface, l'argent il est là… Lui, là-bas près de la fenêtre…

Il désigna un consommateur en costume côtelé, chemise en laine, affublé d'un large chapeau marron. La chaîne dorée d'une montre de gousset pendouillait sur la bedaine, il succombait à l'euphorie des vins italiens.

— Les premières fois qu'il a débarqué ici, il faisait tellement pitié que le père lui donnait un croûton avec du lard et ne le faisait jamais payer. Maigre comme un estoquefich, il se nourrissait de regardelles[1]. Il est de Valdièri, c'est un Vaudier ! Il passait par le col de la Madone avec sa hotte remplie de poulets, qu'il revendait dans le coin parce que là-bas il ne commerçait pas à sa guise. A la douane, il laissait plus de la moitié de ses bénéfices en taxes. Alors, pour gagner sa croûte, il a multiplié les voyages et surtout pris les sentiers où il ne risquait pas de rencontrer les gardes ! Au printemps suivant, il est arrivé avec une charrette et un âne. Il vendait de tout : passementerie, quincaillerie, mercerie, livres et j'en passe. Des centaines de lieues parcourues d'exploitations en fermes, de hameaux en bourgs, de places en foires... Il connaissait toutes les servantes, tous les agriculteurs, les domestiques, les artisans. Il proposait même des crédits avec intérêts et paraît-il que c'était un marieur hors pair. Les paysans faisaient appel à ses services lorsque leurs filles ne trouvaient pas de courtisan. A chaque noce, le novi glissait un billet dans l'escarcelle de l'entremetteur ! A présent, il se déplace en camionnette avec un employé et représente les filatures et les manufactures de Lyon ainsi que les fabricants de gants grenoblois. Paraît-il qu'en Italie ce ne sont pas les domaines qui lui manquent. Je parie que ce bougre coud des pièces de dix francs et des billets dans la doublure de sa veste !

1. Mangeait avec le regard. Ne mangeait rien.

— A quoi penses-tu ? demanda Adrien à Boniface qui ne lâchait pas le bonhomme des yeux.

— Trop tôt pour le dire…

— T'as bien une petite idée ?

— Il faut prendre l'argent là où il est…

— Attention, tout ce qui brille n'est pas or !

Boniface et Adrien rêvaient à un autre destin très loin de ce pays sans compassion. D'interminables discussions hantaient leurs nuits. Ce n'étaient pas les idées qui manquaient mais sans un sou dans la poche où aller ? Par où commencer ? Ils se sentaient démunis, s'enfonçant chaque jour un peu plus dans leur propre misère. Boniface passait des heures planté devant la fenêtre. L'air bruissait, jouait entre les yeuses. Il fallait qu'il vive, qu'il se dépense, que son corps soit fatigué, que sa tête soit lavée. Il cherchait sa délivrance. Une mélancolie maladive l'étreignait.

— Tu ne dis rien ? questionna Adrien.

Il esquissa un sourire mi-figue, mi-raisin.

— Si nous parlions au père ?

— Borné comme il est, je connais déjà le résultat. Tu sais bien qu'il se pendrait à l'auvent plutôt que de nous entendre ! Le vieux n'écoute que lui et ne reconnaît jamais ses torts.

— J'ai peut-être une proposition intéressante. Que risquons-nous ? Si c'est non, c'est non ! Si c'est oui par contre… lâcha Boniface énigmatique.

— Et maman ?

— Elle ne contredira jamais son mari !

Le soir, au dîner, Boniface et Adrien se confondirent en excuses, arguant que leur comportement se justifiait par leur jeunesse et leur inexpérience de la vie.

— On n'en parle plus ! déclara Antoine en lissant sa moustache grisonnante où des restes de soupe étaient collés. Vous possédez le sale caractère de votre mère. Vous avez de qui tenir. C'est à moitié pardonné.

— Pas trop tôt, acquiesça Madeleine. Les parents sont toujours de bon conseil et ne voient que l'intérêt de leurs enfants. Plus tard, ceux-ci comprennent leurs sacrifices...

— Alors vous remontez au Villars chez le cousin ? Je suis content que vous soyez revenus enfin à la raison.

— Hors de question ! répondit sèchement Boniface.

Antoine baissa le front, avala en tremblant un verre de rouge. Les garçons sentirent que la fureur montait. Les veines de ses tempes saillaient.

— Et toi, Adrien ? Te laisserais-tu influencer par ce « tron de l'air » qui te conduit directement aux galères ? Tu n'as donc pas d'honneur ?

Le cadet évita le regard méprisant du père.

— Tu te tais ! Tu as honte ! Quand on veut vivre comme des hommes, des vrais, il faut en avoir une paire bien accrochée dans le caleçon ! Alors j'attends ta réponse.

Adrien rassembla tout son courage et lâcha :

— Je l'ai promis à Boniface et je ne reviendrai pas sur ma parole. Inutile d'en discuter plus longuement.

Sa réponse laissa pantois le père. Comment ses maudits rejetons osaient-ils lui tenir tête ? Madeleine devint blanche comme un suaire. Elle respira profondément et posa la main sur celle d'Antoine qui toisa de haut les rebelles.

— Voilà ce que nous vous proposons, expliqua calmement l'aîné. On peut vous être utiles aux Granges Neuves. Maman a un travail énorme, toi tu peines devant certains travaux pénibles. Deux aides en plus, ça peut faire tourner la boutique ! On se mettra à votre disposition. Vous n'aurez qu'à commander !

Antoine se leva brusquement et poussa la chaise en arrière.

— Mais qu'est-ce que vous croyez, bande de vauriens ! Vous voyez cette poutre maîtresse, c'est votre grand-père qui est allé tout seul dans la forêt couper l'arbre, qui l'a élagué, taillé, équarri à la *manairo* [1] et posé sans l'aide de personne ! Ces murs, c'est encore lui qui les a dressés pierre après

1. Grosse hache à la lame en demi-lune.

pierre ! Ce toit qui vous abrite, il a posé la charpente, les ardoises et planté au faîte les drapeaux italien et français. Il a placé le pain et le sel, et le curé est monté de Saint-Martin pour réciter les prières. Cinquante ans après, ça n'a pas bougé ! Et l'âtre, un volume parfait ! Pas un brin de fumée ne s'échappe dans la salle. Un travail d'orfèvre. Et vous, vous souhaitez que la manne vous tombe toute cuite du ciel ! Vous n'êtes pas nés avec des culottes brodées et des sucres d'orge dans la gueule, nom de Dieu ! Ta mère et moi n'avons pris la succession qu'après sa mort et nous avons fait fructifier l'affaire. Avant, j'ai fait mille gagne-deniers : tailleur de pierre, carrier, bûcheron ! A coups de pied au cul, le grand-père me plaçait ! Si je rouspétais, je prenais un aller-retour qui m'empêchait de mâcher durant plus d'une semaine ! Madeleine à dix ans fut employée chez le comte de Casserta à Roquebillière comme apprentie, femme de chambre et ensuite cuisinière... Tu crois qu'on lui a demandé son avis ? Nous n'avons jamais compté ni les heures ni la fatigue. Nous nous sommes faits seuls à la sueur de notre front. Alors à votre tour ! Montrez de quoi vous êtes capables. Prouvez que nous pouvons avoir confiance en vous !

— Nous avons produit le travail de dix bergers sans nous plaindre ! Sans un jour de congé ! Sans participer à aucune fête ! Pas une seule bête est morte ou a été malade ! On bouffait de la soupe aux orties, le pain était rance ! s'écria Boniface debout face au patriarche.

— Des boniments de fillette ! De mon temps, tu crois que je me tournais les pouces ?

— Nous avons même fabriqué les fromages, continua Adrien, et Casimir s'en est mis plein les poches ! Il ne peut pas le contester, il s'en vantait ! Les autres pastoureaux nous l'ont raconté. En retour, quelle est notre récompense ? *Nada !* Nous sommes partis aux alpages sans un sou et au retour nous en possédons encore moins. Pas un centime, histoire de se rincer avec les copains. Tu trouves ça normal ?

— Si cela ne vous convient pas, la porte est grande ouverte ! Allez, bon vent, j'en ai assez entendu pour ce soir ! Un coup de couteau dans le dos ne m'aurait pas fait plus mal. On est toujours trahi par les siens.

Les marches de bois craquèrent sous son poids. Madeleine resta muette. Elle pressentit qu'elle allait perdre ses fils, et pour toujours. Elle ne fit rien pour les retenir. Leur chemin était tracé. Ils devaient le suivre.

5

A l'aube, ils quittèrent les Granges Neuves un baluchon à la bretelle. Un sentiment puissant de liberté les guidait. D'un pas soutenu, ils calèrent vers Saint-Martin-Vésubie. A hauteur du hameau Saint-Nicolas, Boniface stoppa :

— Pas tout de suite, dit-il.

— De quoi parles-tu ?

— On ne doit pas aller au village maintenant.

Le cadet ne contraria pas son frère. Ils se dirigèrent vers la ferme des Clos, proche du poste douanier, et demandèrent le gîte à Eugène Baille, un gars réputé pour sa bonhomie et sa gentillesse. Les pattes courtes, arquées comme un demi-muid, ce qui l'obligeait à gambader à trousse-cèbe [1], le bonhomme vivait avec son troupeau et trimballait sur lui l'effluve tenace de la chèvre et du bouc. Glabre et chauve, ses lèvres rubicondes portaient les

1. En se dandinant, en canard, à petits pas.

taches du jus de chique. Ses ongles et ses paumes étaient gavés du dernier labour. Chez Marius, son troquet préféré, on lui avait attribué le sobriquet du Parfumeur. Lorsqu'il quittait l'établissement, le patron aérait. Eugène accueillit les adolescents sans leur poser de questions, comme s'il s'attendait à leur visite.

— Au moins cet hiver, les soirées me paraîtront moins longues !

Il leur proposa une pièce dans le fond de la remise, pas plus grande qu'une cage à lapins. Un établi, une armoire branlante remplie d'outils, un matelas sur le sol équipaient ce capharnaüm. Des piles de journaux et de livres poussiéreux montaient jusqu'aux poutres, ce qui étonna singulièrement les garçons.

— C'est vivable... dit-il. Le temps que vous vous refassiez ! Garibaldi, le chien, pieute ici pour la sieste et ronge ses os sur les sacs de grain !

— Nous te revaudrons ça ! Mais pas un mot à quiconque. Promis ?

— Pas de bile ! jura-t-il en crachant sur le sol.

Boniface et Adrien ne se débusquèrent pas tout de suite de leur refuge. Ils préféraient attendre, se préparer à l'inconnu. Quand Eugène Baille avait trop de boulot, ils retroussaient leurs manches et lui donnaient la main. Ils raclaient l'écurie, sortaient le fumier, descendaient de la grange les bottes de foin.

L'étable procurait à Adrien une joie enfantine. Il se régalait lorsque les agneaux goulus tétaient, accrochés au pis de la nourricière. Repus, ils trottinaient mal assurés dans l'enclos, le museau barbouillé de lait.

Les garçons partageaient la soupe d'Eugène, se confiaient dans d'interminables monologues. L'éleveur les écoutait attentivement et ne manquait pas de leur prodiguer des conseils avisés avec la clairvoyance et la logique d'un homme de la terre.

— Quand j'avais votre âge, mon paternel a agi de la même façon. Les générations se répètent... Se tirer de ce pays est difficile. J'y ai pensé. Mais la ville n'est-elle pas qu'une illusion où on perd tous ses repères ? Nous devenons des fourmis dévorées par des insectes monstrueux. Qu'y a-t-il qui puisse pousser de pauvres types à abandonner leur patrimoine ? Les campagnes crèvent comme peau de chagrin et deviennent d'immenses cimetières. Ceux qui reviennent et tentent de reprendre leur place sont écartés de la communauté. Des parias, en sorte !

Eugène refusait les contraintes. Il réfutait les principes. Mais comme tous les paysans des quatre vallées, il les subissait. Les montagnes ne permettaient aucun choix et exigeaient une fidélité sans borne.

— La vie, vous n'en avez qu'une, alors profitez-en ! Vaut mieux être brigand de grand chemin ou contrebandier qu'ouvrier agricole ! affirma-t-il avec malice. Moi, par exemple, je ne peux aller nulle part. Si je veux m'absenter ne serait-ce qu'une semaine pour aller à la foire agricole, je suis obligé de me trouver un métayer qui s'occupe des bêtes. Je suis cloué à la ferme de mes aïeux. Si j'avais un fils, il serait obligé de suivre mon exemple et de cultiver aussi bien que moi. Je bénis le Seigneur de ne jamais avoir trouvé une femme bonne à marier ! De temps en temps je descends au village, je fais les commissions, et après ? Je me retrouve seul face à ma gamelle et je discute avec Garibaldi. Le pauvre clébard en aurait, des choses à dire.

Il haussa les épaules et bourra sa pipe.

— On s'habitue à l'absence. Tu sens déferler en toi une tristesse qui te ronge la peau. Une teigne dont tu ne te débarrasses pas. Plus rien ne t'étonne. Tu t'accommodes des craquements d'une baraque vide. Tes ancêtres te lèchent les pieds. Je me couche lorsque la lune se lève. Mes draps sont glacés quoique Garibaldi réchauffe vite la couche. Le lendemain la sérénade recommence... Que voulez-vous, lorsque l'on est né avec de la paille dans les sabots et une meule de fumier comme épargne...

Il marqua une pause en fronçant le front. Ses rides dessinèrent une morosité légitime soulignée par ses épais sourcils. Son seul horizon demeurait les lignes vaporeuses qui bordaient ses pâturages. Au-delà, il ne distinguait plus la lumière qui s'aiguisait sur les saignées de calcaire gris.

— Alors, reprit Eugène, vous qui êtes jeunes, si vous possédez de l'ambition et un brin de courage, tentez l'aventure ! Profitez-en, fuyez, laissez le Mercantour gémir sur ses falaises, vous en ferez vite le deuil. Oubliez le col Saint-Martin ! Quelle importance, une auberge, même si elle a bonne réputation ! C'est un enterrement de première classe. Vous vieillirez avant l'heure et ressemblerez à vos parents. Les Vitali dansent-ils la polka tous les jours ? Avez-vous entendu une seule fois Antoine fredonner une chanson ? Non ! Et Madeleine ? Non plus ! Ils ressemblent aux prairies décharnées du vallon de la Madone. Ils font partie du décor. Méfiez-vous de votre famille. De la famille ! Les conseils de famille, les intérêts de la famille... que des affaires de pognon, de propriétés, d'héritages ! Un désastre ! Et le bonheur dans ce foutoir ?

Son raisonnement sonnait juste et ne tombait pas dans l'oreille d'un sourdingue. Les ombres tremblotaient sur les murs écaillés. Eugène trempa dans de l'huile d'olive un croûton frotté d'ail et le mâchonna avec délectation.

— L'hypocrisie n'autorise même pas les âmes à s'envoler au paradis ou en enfer ! Neveux, nièces, oncles, tantes, fils, filles cherchent toujours la cagnotte du défunt mais jamais ne la trouvent, continua-t-il. Ils font même semblant de regretter le pauvre diable, surtout s'ils l'ont haï. Ils lui trouvent toutes les qualités qu'il n'a pas eues ! La bouche en cul de poule, ils réfléchissent à ce qu'ils peuvent emporter et ce que le testament pourrait livrer au dernier souffle... Le solde se règle en général à coups de fusil entre héritiers ! Et je ne parle pas de ceux qui tombent du ciel à la dernière minute. Combien de cassettes dorment emmurées dans les caves ou sous l'âtre de la cheminée ? Pourtant on ne les emporte pas dans son cercueil ! En fait, le plus dur, ce n'est pas de mourir, mais de rester mort et ne pas entendre les déchirements des proches !

Il s'estrassa d'un énorme fou rire. Les larmes rougirent le blanc de ses yeux. Le pamphlet d'Eugène coupa la chique aux garçons. Jamais ils n'auraient imaginé que l'on puisse parler ainsi d'amusements, de conquêtes, de plaisirs. Eugène leur donnait une force extraordinaire, une immense bouffée d'air pur. Le bougre possédait plus d'un tour dans sa musette. Celui que les villageois prenaient pour un *babaou*, un asocial, était tout bonnement un érudit de l'existence, un philosophe de la gaudriole, un magicien qui transformait la tristesse en gigantesque fête.

— Faites ce que je n'ai jamais pu entreprendre. Abusez de la bonne chère ! Enivrez-vous ! Culbutez les belles dans les lupanars ! Troussez les pucelles à la sortie de la messe ! Moquez-vous de l'ordre établi et du beau monde ! Usez de leurs privilèges ! Bravez les interdits ! Profitez de la société ! En un mot, soyez futés et intelligents pour la meilleure des causes qui soient : la vôtre !

— En fait, tu nous proposes de devenir brigands, bandits de grand chemin, voleurs, peut-être de nous associer avec toi, taquina Boniface, séduit par la démonstration magistrale de l'éleveur.

Eugène tapota des doigts la toile cirée. Son menton aplati frétilla dans une sorte de régalade.

— Voleur est une insulte, mon gars ! Faites donc tourner vos méninges. Les comtes d'Hangrain, de Bonjetour, de Casserta, ces messieurs les députés, les gros propriétaires, les nobliaux, comment sont-ils devenus riches ? Depuis des siècles ils exploitent des imbéciles comme nous, incapables de les regarder droit dans les yeux. Le Moyen Age ! Nous vivons encore au Moyen Age ! Essarter, dépierrer, défoncer, labourer, nous sommes leurs esclaves et nous serons toujours leurs esclaves. En plus ils ont le droit de cuissage ! Et nous tirons encore à ces messieurs la révérence ! Nous enlevons le chapeau lorsqu'ils passent sur la place avec leurs belles automobiles. Les vieilles et les indigents exécutent des courbettes. Le curé les bénit. Je croyais que le peuple avait fait la Révolution pour abolir les privilèges et raccourcir les exploiteurs. J'oubliais que le soulèvement s'est arrêté sur la rive est du Var ! Alors, Boniface, qui sont les véritables malfaiteurs ? Moi je propose de reprendre tout simplement ce qui nous appartient. Et pour ce qui est de collaborer avec moi, vous êtes encore un peu naïfs, mes amis, vous n'avez pas assez d'expérience... Malheureusement, Eugène Baille est trop âgé. Il a perdu l'envie, et ses rhumatismes le font souffrir.

Eugène reprit son souffle, siffla une lichette de vin. Adrien sombrait dans une sorte de demi-léthargie. Il en prenait plein les oreilles. Une voix parfois monocorde, parfois excitante tintait dans son crâne telle une musique ensorceleuse.

— Nous n'avons pas un sou, Eugène, ne serait-ce que pour prendre le car, se désola Boniface.

— Ça se trouve, petit. Votre apprentissage commence dès maintenant. A vous de vous débrouiller !

— C'est vite dit, ajouta Adrien.

Baille débarrassa la table et jeta les écuelles dans la pile. Il sortit du buffet un remontant et servit trois verres.

— Pour les grandes occasions ! « Les plus petits vins font la meilleure eau-de-vie [1] ! » Après ce gorgeon, vous roupillerez comme des nourrissons ! A la vôtre, demain il fera grand soleil !

1. Thomas Jefferson.

Ils pressentirent que quelque chose devait se passer. Baille en avait trop dit ou pas assez. Boniface fit part à Adrien de ses doutes. Que cachait cette hospitalité si généreuse ? Le vieux tramait-il quelque chose dans leur dos ? Ils revinrent à des sentiments plus singuliers. Il semblait que l'ancien s'était inventé au fil des années un monde d'illuminé et qu'il projetait sur ses rencontres des desseins de jeunesse inassouvis.

Les garçons suivirent dans un premier temps la voie de la sagesse. La fabrique de chanvre cherchait de la main-d'œuvre. Le quartier du Canabier, près de la gare, consacré à cette activité grouillait d'une population bigarrée, miséreuse, étrangère, souvent des journaliers qui se vendaient pour une poignée de figues. Ce travail, en principe réservé aux femmes, exigeait un renouvellement constant d'ouvriers. La saleté, la poussière qui s'immisçait dans les pores de la peau, les cadences infernales rendaient le boulot particulièrement malsain. Lorsque Boniface et Adrien se présentèrent au contremaître, ils furent engagés sur-le-champ.

Les producteurs semaient les graines dans les chènevrières au mois d'avril et de mai. La plante mâle se récoltait en mai, la femelle en septembre. Ils produisaient la matière nécessaire à la confection des toiles ordinaires, draps, tissus, ficelles, cordes, sacs pour le grain, paillasses... Les cordonniers et les bourreliers l'employaient pour faire le ligneul[1]. Ils dressaient des gerbes de chanvre dans des bassins en terre, les nais, et les recouvraient de pierres plates. Durant le rouissage, ou pourrissement, elles macéraient un bon mois. Les tiges s'assouplissaient. La décomposition végétale due à l'eau rendait le charbé[2] malléable. Ensuite on le séchait à la Frairie, un quartier plein sud, bien ensoleillé. Boniface et Adrien maniaient la broie[3]. Ils séparaient l'aigrette ou la chènevotte de la filasse. Les mâchoires étiraient, malaxaient, mâchaient la substance compacte. Parfois, la machine demeurait impuissante, alors ils teillaient[4] chaque brin au maillet ou à la main.

Ces opérations achevées, Adrien déposait les fibres traitées dans une sorte d'abreuvoir circulaire, profond d'une dizaine de centimètres, et les assouplissait au pilon. Avec le séran, une brosse munie de pointes de fer très longues, il passait et repassait la filasse, la divisait en filaments très fins, composait les quenouilles destinées aux fileuses pour le cardage au dévidoir et le filage au rouet.

---

1. Fil enduit de poix.
2. Le chanvre.
3. Appareil composé d'un châssis fixe avec deux mâchoires en bois ou métalliques et d'une partie mobile servant à briser les tiges de chanvre.
4. Brisaient.

Entourés d'enfants, ils se moquaient de la dureté de la besogne. Ils blaguaient, apportaient une fraîcheur à leurs compagnons. Les gosses jouaient avec les restes de paille et de boue, créaient des poupées grossières exposées sur une sorte d'autel précaire. Ils les collaient les unes contre les autres et les brûlaient. Si elles tombaient ensemble en direction du sud, ils racontaient qu'un mariage se déroulerait dans l'hiver. Si elles se séparaient et chutaient à l'envers, ils prédisaient une mort imminente. Si elles vacillaient de côté, ils annonçaient une catastrophe avant le printemps. Si elles restaient droites dans la flamme, ils faisaient vœu de richesse. Encore des croyances vivaces, ancrées dans les mœurs de Saint-Martin-Vésubie.

6

Les garçons bombaient le torse, fiers de gagner leur croûte. Les pièces tintant au fond de leurs poches leur donnaient l'assurance d'être des hommes, des durs, non plus des adolescents vivotant dans le giron des parents. Ils déambulaient le long des ruelles médiévales, respiraient l'odeur des échoppes, s'extasiaient devant les commerces de vêtements et de bimbeloterie, vibraient aux rengaines de l'orgue de Barbarie et aux chanteurs de rue qui raclaient parfois du violon. Sur les bancs publics de la place Saint-Jean ou de la place Vieille, les joueurs de quilles, d'osselets ou de dominos les invitaient à des parties épiques. Ils se passionnaient aussi pour le jeu de boules mais évitaient les cartes et les divertissements de hasard.

Malgré la fatigue du travail, les longues heures à se déchirer les doigts sur les tiges acérées aussi coupantes que des lames de rasoir, ils ressentaient une joie libertine. Sou après sou, ils grappillaient un brin d'espoir. Des ailes leur poussaient dans le dos. Le goût de l'amertume disparaissait de leur bouche. Ils mâchonnaient de petites fleurs d'églantier, délicieusement sucrées, et bientôt, au-delà de l'immensité, ils dévoreraient un immense gâteau. Lentement mais sûrement, ils s'y préparaient.

Des jeunes filles rondouillardes, parfumées d'herbes sauvages, aux mamelles exquises et aux hanches larges, appréciaient la stature élancée et les épaules gaillardes des garçons. Elles gloussaient avec des rires étouffés et bêtas. Se caser au plus tôt était une nécessité familiale. Une bouche de moins à nourrir, un bout de terrain et quelques bêtes en plus composant la dot, cela comptait... Certaines dévergondées d'âge mûr, poudrées et discrètement maquillées, souhaitaient les entraîner sur la paille de l'étable ou bien goûter à la chaleur douillette de leurs draps. Eux ne prêtaient pas trop attention aux avances aguichantes. Ils avaient d'autres chats à fouetter malgré la tentation.

Boniface et Adrien ne passaient pas inaperçus. La tignasse noire et bouclée tombant sur la nuque, le regard profond, un duvet de poussin sur le menton, le sourire à se coucher à leurs pieds, ils devinrent la coqueluche des midinettes de Saint-Martin-Vésubie. Quand on voyait le premier, le second n'était pas loin, à tel point qu'on les surnomma « les inséparables ». Lorsque la population apprit qu'ils étaient les fils Vitali, on les mesura avec circonspection. Accoutrés de mauvais vêtements qui sentaient la gêne, on se questionnait sur les raisons qui les avaient poussés à fuir les Granges Neuves, se perdre dans les méandres du bourg et accepter n'importe quelle tâche pour survivre.

A l'amicale du canton de Saint-Martin, les anciens picolaient entre eux et parlaient en patois. Ils appartenaient aux vieilles souches locales et possédaient une carte d'entrée pour accéder à la « congrégation ». Antoine Vitali fréquentait ce clan très fermé. Alors, que ses rejetons traînent avec la populace fut considéré comme une trahison. L'association lui refusa l'accès et le bannit de ce lieu respectable.

Nettou, dans une éternelle brume alcoolisée, ne démordait pas de son obsession et hurlait :

« Des bouteilles pleines d'or, enterrées de partout, dans les jardinières, dans la prairie, autour de l'auberge… J'en suis certain, je les ai vues, de mes propres yeux vues !

— Il les a bouchées à la cire avec la date et l'étiquette, rigolaient les adhérents du cercle.

— Les Vitali sont tellement radins qu'ils regardent par-dessus les lunettes pour ne pas les user ! La preuve, ils ont foutu leurs enfants dehors ! Si ce n'est pas de la honte ! »

Plus Nettou s'énervait, plus il buvait et rebuvait. Il s'écroulait ensuite sur une chaise et cuvait son alcool.

L'affaire devint communale. Le maire rapporta à Antoine les commérages en lui proposant d'être moins intransigeant et de prendre au sérieux une situation dérangeante pour lui et le village.

— Ce sont tes fils, Antoine ! De bons gars ! Ils sont employés à la fabrique. Tu ne peux pas les abandonner comme des manouches, ou des traîne-savates ! On ne sait même pas où ils logent. Cela nuit à la réputation de ton établissement.

— Mes fils... Ils n'ont qu'à m'obéir et non pas plonger leur mère dans la peine ! J'ai la conscience tranquille, je n'ai fait que mon devoir.

— Le pardon te rendrait ta légitimité et ta dignité. Ils n'ont pas voulu te vexer ! Les jeunes d'aujourd'hui ont des attitudes parfois incompréhensibles. Il faut faire avec. Nous avons connu aussi de mauvais moments. On s'en est toujours tirés !

Antoine n'en démordait pas et campait sur ses positions. Son orgueil le murait dans des principes parfaitement établis.

— Ce sont mes histoires ! Elles ne regardent personne !

— Antoine, tout de même !

— C'est tout vu !

Le maire sut qu'il n'obtiendrait rien de la situation présente. Le temps effacerait des blessures vives et assouplirait les caractères, pensa-t-il. Il reviendrait toutefois à la charge.

Les inséparables butinaient de gargotes en civettes et élirent leur quartier général au bistrot d'Alberte. Un endroit un peu louche, enfumé, où les passeurs, contrebandiers, braconniers trinquaient. Certains messieurs de la ville prenaient pension dans cette turne sans trop de confort en attendant que la police et la justice les oublient. Leurs costumes de flanelle, leurs chaussures vernies ne reflétaient pas l'accoutrement du pays. Les gendarmes et les douaniers évitaient cet antre glauque et ne désiraient pas se casser le nez sur des gens qu'ils risquaient de rencontrer au détour d'une ruelle ou quelque part sur les chemins de traîne de haute montagne.

Boniface et Adrien se fondaient dans ce monde interlope, sans a priori. On n'interrompait pas les conversations et ne se mêlait aux groupes que si l'on était invité. Ils échangeaient des banalités avec des inconnus, évitaient la curiosité, ne cherchaient pas à savoir d'où l'éphémère compagnon venait, qui il était, où il allait. Chacun ici cachait quelque péripétie peu reluisante et se mêlait uniquement de son industrie.

Dans le fond, des individus aux faciès porcins, la moustache embroussaillée tombant sur les poches, buvaient au goulot, fumaient des toscans et palabraient en douce. Ils jouaient au bonneteau à toute vitesse et plumaient les parieurs. De temps en temps, ils balayaient la salle. Leurs yeux remontaient vers les consommateurs, qu'ils fixaient avec insistance. Nul ne soutenait leur regard sous peine d'en découdre. Ces apaches maniaient avec dextérité le couteau et le rasoir. Ils saisissaient la moindre occasion pour provoquer des rixes souvent sanglantes. Ici tout se vendait et s'achetait, mais la parole était inviolable. Gare au renégat qui ne respectait pas ses engagements !

Alberte, la patronne, tenait seule son bouge. L'ancienne prostituée, pas plus épaisse qu'un sifflet, un chignon remontant outrageusement vers les solives, les lèvres charnues rehaussées d'un rouge vif, les paupières dégoulinant d'un bleu souligné par un trait de charbon, possédait la faconde d'un adjudant de cavalerie. Elle déambulait derrière le comptoir ou bien entre les tables de marbre, remuant impudiquement ses hanches et ses fesses tombantes. Lorsqu'elle gueulait, les consommateurs baissaient d'un ton.

« Enfin, on peut s'entendre, bande de voyous ! »

Elle s'adressait au client accoudé au zinc :

« Un petit blanc ? »

Le buveur de canons, incrusté dans le zinc, n'osait pas la contredire et acceptait sans mot dire. Elle adorait Boniface et Adrien, et chouchoutait ces novices perdus dans la fumée épaisse du lieu.

« Alors mes petits, la journée a été bonne ? »

Elle les embrassait à leur arrivée, leur souhaitait le bonsoir, veillait à ce que l'on ne les embobine pas. Elle les mettait en garde contre les racoleurs qui promettent monts et merveilles, écartait violemment les insistants qui percevaient en eux des proies faciles.

« Si vous tombez dans ces manigances, c'est l'ombre des barreaux de la prison que vous supporterez. Trouvez une fille bonne à marier, à la santé resplendissante, et vivez tranquillement ! Ce n'est pas ce qui manque. Les jours de marché, je peux vous présenter des demoiselles de qualité. Je vous en parle en connaissance de cause. Moi, je connais la vie ! Foi d'Alberte. »

Ils rentraient à la ferme des Clos à la nuit tombée, prenant mille précautions afin de ne pas être suivis. Ils marchaient de l'autre côté des haies, là où les branches dressent une muraille d'ombre et esquivent les lueurs fauves des étoiles. Des bruits d'ailes claquaient dans les rameaux des hauts tilleuls. Le jappement des renards tintait en écho. La rivière soufflait comme les naseaux d'un bœuf. Un monde impénétrable, discret, impalpable vibrait aux assauts des ténèbres.

Eugène ronflait comme un sonneur, Garibaldi dans les bras. Il leur avait préparé du linge et une soupe à réchauffer. Les garçons logeaient à présent dans une vraie chambre : celle de sa mère défunte.

Aucun objet, ni meuble, ni vêtement n'avait bougé depuis son enterrement. Ils s'endormaient du sommeil du juste sur un matelas de laine et sous un édredon de plumes.

Les bruits matinaux les tiraient de leur sommeil. Les prairies couvertes de brumes trempées ressemblaient à d'immenses vagues moutonneuses. Les cimes de Piagu et du mont Archas se couvraient d'un manteau laiteux. Une lumière pâle ondulait sur la Vésubie et se fondait sur les herbes moirées. Les odeurs de café et de lard grillé les faisaient sauter du lit. Eugène déjà actif les accueillait avec un air bienveillant.

— Alors les gars, ça roule ?

— On prend ce qui vient !

— Paraît-il que vous fréquentez la haute société !

— Qui t'a dit ça ?

— Eugène sait tout... Mais ce n'est certainement pas chez Alberte que vous allez faire des miracles !

Il enfila sa vareuse, enfonça la casquette au ras des oreilles et partit à ses occupations terriennes.

— A ce soir, lança-t-il avant de fermer la porte en rigolant.

Ils se laissèrent peu à peu embrigader par un quotidien peinard et sans souci. Le chanvre, les copains, les rigolades, le bistrot, les promenades dans les rues, les discussions avec les commerçants, les butinages coquins avec des tendrons pressés et volages les rendaient insouciants. On ne fit plus attention à eux. Ils s'intégraient dans le mouvement perpétuel du village. Leurs silhouettes n'étonnaient plus personne. Rien ne semblait perturber le cours de leur humble destin. Le samedi, ils se perdaient sur le marché. Saint-Martin-Vésubie prenait l'aspect d'une petite ville remuante. Les buvettes regorgeaient d'écluseurs sans fond. Les badauds faisaient leurs emplettes pour la semaine ou le mois, rencontraient les amis ou les parents perdus dans les hameaux reculés. Les paysans apportaient les outils à réparer. Rétameur, rémouleur, rempailleur, ramoneur, cardeur, sabotier, tonnelier, matelassier, marchande des quatre-saisons exposant ses légumes dans une brouette poussaient des braiments différents, proches parfois d'une rengaine, pour attirer le chaland.

Lorsque la cloche sonnait midi, les bateleurs remballaient leurs étals ; les charrettes s'éparpillaient. Les placettes et la rue du Béal se dépeuplaient. Les laissés-pour-compte du Canabier fouillaient les cageots et les tas d'ordures en quête de nourriture. Les mégotiers, ou « cueilleurs d'orphelins », arpentaient les terrasses des bars et récupéraient les mégots. Ils lavaient le tabac, le faisaient sécher et roulaient de mauvaises cigarettes qu'ils revendaient à bas prix à leurs compagnons de misère. Boniface et Adrien n'aimaient pas lorsque la cohue se dispersait et qu'ils se retrouvaient seuls. Alors ils retournaient tristement chez Baille.

— Alberte voudrait nous marier, ironisa un soir Boniface.

— C'est la meilleure ! s'étrangla Eugène. Vous marier ? Avec qui et pour quoi faire ?

— Paraît-il qu'on a de belles gueules, avança Adrien, et qu'on présente bien.

— Elle a avancé qu'elle nous présenterait à de bons partis, continua Boniface.

— Pauvre niais, cette maquerelle a quelques femmes à recycler ! Des catins que l'on fout à la porte des maisons closes niçoises parce qu'elles ne sont plus consommables ou pleines de maladies inavouables.

— Elle nous l'a conseillé sans arrière-pensées, affirma l'aîné.

— Une des plus énormes conneries que j'ai pu entendre ! Si vous voulez des filles de la campagne, il vous suffit de vous baisser pour les récolter, comme les navets, les patates ou les choux-fleurs ! Si c'est de cette façon que vous envisagez votre avenir, vous n'avez plus besoin de moi. Crotteux ou bouseux ? Bergers ou gardiens de vaches ? Bûcherons ou journaliers ? Une cabane pleine de mouflets qui crient famine ? Ce n'était pas la peine de quitter les Granges Neuves et Casimir Maïssa !

Il avala cul sec son gobelet.

— Vous me donnez mal à l'estomac. Choisissez plutôt la pendaison ou la noyade. Ça va plus vite et vous souffrirez moins ! Il faut que cette drôlesse vous mette martel en tête. Un de ces quatre, elle va avoir ma visite ! Mais si vous espérez une vierge d'excellente ascendance, aux culottes brodées, je vous garantis qu'il vous faudra un portefeuille bien garni !

— Te fâche pas, Eugène, on disait ça pour causer ! Prends-le comme une blague.

— Sûr, les garçons ?

— Juré, dirent-ils ensemble.

La lampe éclairait tantôt le visage d'Eugène, tantôt son dos. Il entrait dans la lueur vacillante, s'échappait dans la pénombre, contournait les meubles, visiblement contrarié que l'on s'occupât de Boniface et d'Adrien. Il appela Garibaldi et partit dans sa cambuse.

— « La pluie, la faim, la femme sans raison chassent l'homme de la maison ! » l'entendirent-ils grommeler. Et l'autre grognasse veut les marier ! Un coup de fusil plutôt ! Quelle sale garce ! Quelle pute ! Elle a toujours quelque chose à placer ou à troquer. Et eux tombent dans le panneau. Ils ont encore la morve qui pend au nez.

7

A la fin du mois d'octobre, l'exploitation du chanvre cessa. Les employés furent remerciés sans autre forme de procès. Il leur fallait patienter jusqu'en avril, date des prochaines semailles. Certains reprirent la route vers le sud, d'autres vers l'Italie. Les plus démunis restèrent sur place dans leurs taudis et se débrouillaient comme ils le pouvaient. Boniface et Adrien traînèrent quelque temps dans les environs du bourg, quémandant du travail et s'attelant à des tâches rebutantes qui ne leur rapportaient guère. Ils récoltèrent les bidons pour les laiteries, livrèrent du bois et du charbon, œuvrèrent à la forge du charron Landra, nettoyèrent les canaux d'arrosage, trièrent les châtaignes, curèrent les écuries, tâcheronnèrent comme scieurs de long... Leur ardeur stupéfiait la communauté laborieuse.

« Ils nous couvent quelque chose ? se demandait-on.

— Dire qu'aux Granges Neuves, ils avaient le pain et le couteau !

— Antoine s'y est pris comme un manche. Il ne fait pas dans la dentelle. On le connaît, mais tout de même !

— Et la Madeleine, a-t-elle remué le petit doigt ? Abandonner ses enfants de la sorte n'est pas digne d'une mère », s'offusquaient les matrones en quête de dignité.

Les Vitali en devenaient même suspects. Rien ne pouvait stopper l'acharnement démesuré des inséparables. On aurait dit qu'ils se battaient contre quelque chose d'irréel, contre eux-mêmes, contre une vérité qui les harcelait.

— On ne s'en sortira pas comme cela, maugréa Adrien. On gagne tout juste de quoi bouffer. Nous allons crever comme les pacoulins d'ici.

Boniface soupira. Une certaine déception se lisait dans son regard, comme si quelque chose lui échappait.

— Je t'avoue que je suis paumé. Si j'avais prévu un tel guêpier, je ne t'aurais pas entraîné avec moi.

— Tu as des regrets ?

— Nous ne pouvons plus revenir en arrière. Le père serait trop heureux.

— Je te propose de faire ce que nous savons parfaitement. Après, nous verrons !

Boniface fronça les sourcils. La réflexion judicieuse du cadet touchait juste et au bon moment. Il opina du menton.

— Tope là !

La remonte vers la Colla Bassa leur amena des sensations oubliées. Pas de vent. Une atmosphère douce flottait. Les ravines scarifiées de sources ondulaient dans une pureté parfaite. Des clartés tendres descendaient le long des branches et caressaient les écorces moussues. Les fayards frileux s'étiraient droit et haut. Le gel matinal craquait sous les pas. Les vapeurs des sous-bois, du chaume fermenté, du champignon titillaient leurs narines. Ils respiraient à se fendre l'âme. Ne se souciant pas de la raideur des sentes, ils coupaient droit avec une démarche puissante, s'agriffaient aux pentes, devinaient les empreintes des fouines, du chevreuil, de l'hermine, de la perdrix blanche, celles caractéristiques à cinq doigts du loup.

A la clairière de Colignol, ils se repurent de la splendeur des Alpes qui se prélassaient de cimes en crêtes. Ils se dépouillaient d'une oppression vivace. Au loin, l'horizon traçait une ligne orangée sur la Méditerranée.

Boniface s'essuya le front ruisselant de sueur.

— Alors, frérot, tu suis ?

— Plus que jamais !

Adrien riait. On ne voyait que ses dents. Une volupté extraordinaire éclairait sa figure. Ils attaquèrent les éboulis. Un ciel explosait dans une multitude de dégradés. Les surplombs gigantesques se chevauchaient. Les falaises portaient les stigmates des orages. Adrien écarta les bras, saisit les jeux de lumière, les chevelures de fées, les balcons orangés de Gélas. Il devenait le maître du monde. Son cœur battait très vite, habité par un intense sentiment de puissance.

— Ici tout finit et tout commence ! s'exclama-t-il.

Le sac cognait les reins. Ils dégustaient l'effort avec un plaisir suave. Leurs jambes les entraînaient plus vite que leur cerveau. Boniface se planta sur une estrade de calcaire et désigna une herbe rase, jaunie, tachetée de reflets foncés comme du sang malade.

— Ici, Adrien !

Il sonda une étendue souple où l'on marchait en silence, en s'enfonçant dans une terre particulièrement fine, sans cailloux, examina les touffes grignotées par des incisives longues et acérées, trouva des pétoles [1], le sol raclé par des griffes ténues, du crin accroché aux épineux. Avec une baguette de frêne, il sonda plusieurs endroits légèrement arrondis, désigna quatre terrils à peine visibles et commença délicatement à creuser jusqu'à trouver une ouverture parfaitement arrondie.

— Un premier ! dit-il. Pose les collets aux trois autres !

1. Crottes de lapins, de chèvres, de chamois...

Adrien gratta les ouvertures, planta une fourche et laissa couler un lacet de cuir qui prenait la forme exacte des trous. Boniface avec son bâton explora l'intérieur et tapa à coups réguliers contre les parois. Il s'aplatit sur la pellicule de glace, enfonça le bras, poussant le pieu le plus loin possible.

— Je sens un ventre mou ! Viens, ma petite, viens...

Il farfouilla de longues minutes, palpant le rongeur dans son nid de paille et de poils.

— Bien ensuquée, la garce !

Les marmottes, très vulnérables, ne creusaient que des terriers peu profonds. Il suffisait de les cueillir en pleine hibernation. Engourdies par le froid, elles n'avaient pas le temps de se réveiller. Il défonça l'orifice et glissa l'épaule dans l'antre de la proie.

— Agante-la ! cria-t-il.

Il attira vers lui la dormeuse et la passa à son frère. D'un coup sec du plat de la main derrière la nuque, Adrien brisa les vertèbres. Avec l'opinel il saigna la bestiole, lui tailla les artères du cou et la suspendit par les pattes arrière à un buisson. Elle se vida sans un sifflement ni un cri, les poumons secs. La récolte fut bonne. Une trentaine de bestioles furent ainsi capturées. Les sacs remplis, ils ne traînèrent guère. La montagne tournait vite et les crêtes du Piagu commençaient à s'embourber dans une mélasse grise. Ils ne distinguaient plus Pagari. Le tonnerre roulait sur les cimes des Naugettes. Les éclairs cisaillaient l'horizon. Le froid saisit leurs membres.

— On va se prendre la chavane, et pas une cabane dans le coin !

Ils effacèrent les traces, colmatèrent les tanières. Nul ne devait déceler la présence de braconniers.

A la ferme de Baille, ils s'installèrent dans une annexe de l'étable et traitèrent avec délicatesse leur récolte. Boniface dépeça les marmottes. D'une incision à la queue il décolla les fourrures, les gratta, les lava à la brosse, les étendit ensuite sur une corde près de la flamme afin qu'elles sèchent sans craqueler. Les peaux, très appréciées en pharmacie, appliquées en cataplasmes, étaient un remède excellent contre les douleurs musculaires ou de poitrine. La graisse, qu'ils faisaient fondre dans des pots livrés aux apothicaires du canton, était transformée en une pommade efficace contre les rhumatismes. La viande, vendue aux bouchers, bouillie pendant des heures, dépiautée des os, tassée dans des marmites de terre, aromatisée aux herbes, broyée à la moulinette, salée et poivrée, devenait de parfaites rillettes, fines au palais, comparables aux terrines du centre de la France. Les charcutiers prenaient de multiples précautions et ne vendaient ce produit qu'à leurs connaissances, jamais aux étrangers. Cette chasse interdite, contraire à l'éthique montagnarde, était assimilée à la contrebande. Mais toutes les générations la pratiquaient. Les gardes forestiers fermaient les yeux et se bouchaient les oreilles mais il suffisait d'un gendarme un peu trop zélé ou récemment muté pour que les embêtements administratifs commencent.

Ce commerce dura une petite quinzaine. Ils amassèrent un pécule qu'ils renfermèrent dans une boîte en fer. Ils avaient beau compter et recompter, la bourse restait néanmoins très maigrichonne : pas de quoi festoyer tous les soirs.

La girouette s'affola. Les cloches se turent. Plus aucun écho ne leur parvint. Des bruits étouffés traversaient les carreaux. La nature se figeait. Adrien et Boniface écoutaient la tourmente qui hurlait dans les cèdres séculaires. Les persiennes claquaient. Les ardoises craquaient. Les bourrasques de flocons se jetaient à corps perdu contre les murs. Des panaches tourbillonnants s'entassaient en strates épaisses. La grande nuit s'installait dans les chaumières. Le balancier de l'horloge endormait les garçons. Ils nourrissaient l'âtre de bûches. Les journées étaient régulées par la soupe et un silence épuisant. Prisonniers de l'hiver, ils ne pouvaient que subir. On n'osait pas élever la voix de peur de déranger l'autre dans ses méditations.

On ne veillait pas. On se couchait tôt. On n'avait pas grand-chose à raconter. Enfermés dans la petite cuisine, ils ressassaient le moment béni où le printemps reviendrait. Eugène avait rentré les vaches, brebis, mulets, donné la ration de fourrage et coincé les battants de la double porte avec un madrier.

— Faudra déblayer la neige, marmonna-t-il. La charpente est lourde...

Il dévisagea Boniface et Adrien et entonna une chanson :

« ... Tout est perdu, tout est triste, tout pleure
Pauvre pays ! Que vas-tu devenir ?
Jette sur lui un souffle d'abondance.
Riche trésor des humains d'ici-bas.
Nous te boirons en chantant la clémence
Nous te boirons en regardant les cieux[1] *! »*

Il battit le briquet, ralluma le mégot, appela Garibaldi.

— Une bonne nuit... Demain on verra !

1. Chanson d'Albert Cotte, *La Vie de ceux d'avant*, éd. les Alpes de Lumière.

8

Le terrible froid s'abattait sur Saint-Martin. Les cols bouchés interdisaient le passage. Il gelait dur. Les arbres viraient au noir. Si un vieux ou un indigent mourait, on le montait au grenier enroulé dans un sac en attendant que la glace fonde pour l'inhumer. La forêt émergeait en spectres décharnés, bouffés par les corbeaux. Plus rien ne bougeait. Les tapis de verdure se solidifiaient en plaques de ciment. La rivière uniforme étouffait sous la poudreuse. On ne distinguait plus les chemins. On ne devinait que de rares toits et, dans un mirage blafard, Notre-Dame-de-l'Assomption préservant les fresques de Saint-Martin. Des flèches boursouflées pendaient des faîtières jusqu'aux tôles du hangar. Les cristaux s'agglutinaient contre les vitres en frises éphémères. Un clair-obscur étendait la luisance d'un miroir teinté au-delà de la contrée.

Les trois hommes se taisaient. La ferme de Baille ressemblait à un lieu de recueillement. Les gestes paraissaient lents, réduits à leur simple utilité. Les regards s'égaraient inévitablement dans l'opacité du dehors. Seuls les pas traînant sur le carrelage, une chaise que l'on tire, une casserole que l'on pose sur la fonte de la cuisinière, quelqu'un qui toussote ou se mouche, une respiration saccadée, le chien qui se gratte ou se lèche, un volet qui bat la façade ébranlaient ce petit monde. Des journées accoudé sur la table... Ils n'avaient rien d'autre à détailler que le plateau rectangulaire de chêne aux nervures entrelacées où les lignes se croisaient, se détournaient, s'arrondissaient... Les nœuds traçaient des signes cabalistiques. La table vivait. Une odeur tenace d'alcool, de cire, sévissait dans ce bois doux au toucher, aux bords polis par les frottements des manches. La lueur rougeâtre des braises réfléchissait sur les dalles. Lors d'un coup de vent, la fumée refoulait dans la pièce, alors ils entrebâillaient la fenêtre, pas trop longtemps afin de ne pas se refroidir. L'esprit pesait d'ennui. Ils se laissaient ensorceler par l'immobilité.

Eugène sortait parfois l'album photographique et évoquait nostalgiquement l'histoire de sa famille.

— Là ce sont mes parents le jour de leur mariage à la chapelle de la Miséricorde.

Il tourna une page cartonnée.

— Louis, mon grand frère...

— Ton frère ? s'étonna Boniface.

— Mort à Sarreguemines dans les tranchées. Ma mère n'a pas survécu au malheur. On s'est trouvés mon père et moi seuls aux Clos.

Il fit une moue puis referma pieusement le livre de souvenirs, l'entoura d'un tissu et le rangea dans le tiroir du buffet. Adrien allait d'une pièce à l'autre, poussait de profonds soupirs. L'énervement le rongeait.

— Je ne sais même pas si je vis encore !

— C'est le pépère là-haut qui tire les ficelles, affirma Eugène. Si l'on doit rester enfermés, on restera... Si la tempête se calme, on sortira... Si l'on doit tenir l'hiver, on tiendra... Que veux-tu, nous sommes impuissants devant sa loi. Il ne fait guère de sentiment, trop occupé par sa divine personne.

— Il me semble que je suis prisonnier.

Il tapa du poing contre un mur.

— Prisonnier, répéta-t-il.

— Y en a d'autres plus malheureux que toi ! Ceux qui n'ont pas d'abri, pas à bâfrer, qui traînent avec femme et marmots sur les drailles à la recherche d'une grange !

— Bientôt il se passera de grandes choses... Bientôt ! lui confia Boniface.

— Toi et tes grandes phrases, lança Adrien.

— A l'auberge, il n'y en avait pas, de la neige ? continua Eugène.

— Si, mais ce n'était pas pareil... On était gamins et l'on espérait Noël.

Afin de calmer ses sautes d'humeur, Adrien se risquait dans la cour et s'enfonçait jusqu'à mi-mollet dans la neige. Puis il se rendait à l'étable et y passait de longues heures. Il étrillait les mules, bouchonnait les précieuses génisses, rangeait les outils, raclait la soue. Jamais de mémoire d'éleveur on n'avait osé imaginer des porcelets évoluer sur une couche de paille aussi propre et fraîche.

— Tu vas me bouffer le capital ! rigolait Eugène. Tu peux aussi les parfumer à l'eau de lavande et, à la belle saison, les promener avec une laisse sur la place !

Enfin il s'occupait comme il pouvait. De rares éclaircies dissipaient son humeur massacrante.

— Une semaine tout au plus et les chutes s'arrêteront. On voit le dôme du Gélas. Le Balaour et le Piagu sont moins grisâtres ! On tracera un passage et vous roucoulerez de nouveau chez Alberte en compagnie de vos précieux amis !

Eugène dédramatisait une conjoncture qui enflait jour après jour. Boniface et Adrien devaient ne pas perdre leur sang-froid. Un soir, au moment de la soupe, il laissa tomber cette phrase lourde de conséquences :

— Comprenez-vous à présent ?

Ils écarquillèrent des yeux aussi ronds que ceux d'une chouette. Les coups du balancier de l'horloge tintèrent plus fort que d'habitude.

— Comprendre quoi ? s'étonna Boniface.

Les traits d'Eugène se déridèrent. Un air à la fois inquisiteur et mariole souligna ses paupières flasques et lourdes. Il tourna longuement son briquet entre le pouce et l'index.

— La liberté ne s'achète pas. Elle se prend par n'importe quel moyen. Il serait temps de réagir ! J'ai l'impression d'avoir en face de moi des petites vieilles qui causent de leurs douleurs. Souvenez-vous de mes paroles lors de votre arrivée, ce n'était pas du vent. Comme disait mon grand-père : ce que je crains le plus, c'est les courants d'air des armoires parce qu'il n'y a rien dedans à manger. Vous avez besogné comme des mules pour tout juste un franc et quelques centimes par jour. Au bout du compte, vous n'avez pas de quoi renifler le fumet d'un rôti.

— Je crois entendre le curé, pesta Adrien.

— Souhaitez-vous retourner dans vos pénates, recevoir le pardon de Vitali et garder les bestiaux de Casimir ?

— Le père vivra avec ses regrets et nous ne pleurerons pas sur son sort, répliqua Boniface.

— Tu te fous de nous ! reprit le cadet.

— Que comptez-vous faire maintenant ?

Ils piquèrent du nez dans l'assiette et ne purent répondre à la soudaineté de la question.

— Sais pas trop... bafouilla Boniface.

— L'été prochain, suivez le pèlerinage à la Madone des Fenestres, peut-être que le magot tombera du ciel tout cuit ! Ne croyez-vous pas qu'il serait temps de vous secouer ? Si nous passions aux choses sérieuses ?

Baille les exhorta à ne pas gâcher leur jeunesse, à se laisser convaincre par leurs pulsions. Mais c'était à eux seuls de se prononcer. Ils pouvaient accepter de végéter dans cette vallée, ou bien se lancer dans des aventures téméraires et exaltantes. Ils ne soupçonnaient pas quel tour de magie Eugène allait encore exhiber de son chapeau, mais ils eurent l'impression que l'ancien allait enfin se découvrir.

— Où veux-tu en venir ? s'inquiéta Boniface.

— Je vous renvoie la question, mes petits.

— Tu nous embrouilles avec tes sous-entendus. On doit toujours tout deviner. Ça fatigue à la fin ! Déballe ton sac à malices !

— Je n'ai aucune idée derrière le crâne, rassurez-vous. Mais deux questions extrêmement simples me tracassent. Où allez-vous ? Que voulez-vous faire de votre peau ? Depuis que vous êtes aux Clos, je me suis habitué à votre présence.

Vous êtes un peu mes enfants et je souhaite que vous trouviez votre place.

L'aîné resta un moment muet.

— Tu es un sacré roublard !

Il jeta un coup d'œil rapide à son cadet comme pour lui demander une autorisation. Ce qu'il devait révéler venait de loin, de très loin. Il hésita par crainte du ridicule ou par pudeur. Des nuits durant, les frères avaient ébauché des desseins insaisissables et esquissé des plans judicieux. L'émotion étreignit sa gorge. Les mots arrivèrent par saccades.

Antoine Vitali dissimulait jalousement sous la pile de draps les rares lettres d'un cousin germain de Jausiers, Armand Arnaud, un éleveur de cochons qui avait traversé l'océan et s'était établi avec d'autres copains gavots, « tous des Barcelonnettes », au Mexique. « De Veracruz à Jalapa, écrivait-il, le sol regorge de richesses et les indigènes se contentent d'un bol de maïs par jour et de breloques. Il n'y a qu'à se baisser pour récolter une manne fabuleuse. La vanille de San Andrés Tuxtla, le jalap de Misantla, la myrte ou le Tabasco de Bara de Raz, le cacao d'Acayucan, le tabac dans les vallées de Cordoba et d'Orizaba, le smilax dans les ravins humides de la cordillère, le coton d'une blancheur et d'une finesse rares, la canne à sucre, l'huile, le vin... Si tu voyais sur les ports les manœuvres embarquer les marchandises pour le

Vieux Continent, tu serais sidéré. Que de placements avantageux ! Que d'affaires pour les hommes vaillants ! Notre fortune et notre avenir sont ici, sur cette contrée promise et vierge. Ce pays est fait pour nous, pour notre gloire. Nous pouvons bâtir un empire si nous avons des bras solides et une tête bien remplie. Profite donc de cette corne d'abondance et rejoins-nous avec femme et enfants. Lorsque nous reviendrons au pays, nous serons les rois. »

— Voilà ce que le père nous avait caché. Pourquoi ? Je n'en sais rien... Par crainte de rester seul ? Il est vrai qu'il n'a jamais quitté le col Saint-Martin, ça je peux le comprendre... Mais nous, nous existons !

Boniface sortit d'une poche un pli jauni, plié en quatre.

— J'ai écrit au cousin Arnaud lorsque nous étions chez Casimir Maïssa. Il nous attend là-bas, au bout du monde.

Le visage de Baille s'éclaira :

— Eh ben mes garçons, vous me laissez sur le cul. Moi qui vous prenais pour des fillettes éplorées, vous avez le cœur bien accroché ! Donc si j'ai bien compris, un beau matin, sans tambour ni trompette, vous seriez partis en catimini sans un au revoir !

— Mais non ! Je t'assure que...

— Vous êtes de beaux cachottiers ! J'ai besoin d'une petite rincette pour faire passer la pilule.

Il avala cul sec une gorgée de gnôle.

— J'en ai vu d'autres ! Allez, petit, continue...

— Nous avons tout prévu. De Saint-Martin-Vésubie, nous prenons l'autobus jusqu'à Nice. Ensuite, une semaine de marche pour atteindre Marseille. De là, en train nous rejoignons Bordeaux et embarquons sur l'*Etoile-des-Amériques*, destination Veracruz. Le cargo largue les amarres au mois de juillet. Nous devons réunir la somme pour payer le passage ainsi que des habits de drap neufs, des chemises, afin de ne pas ressembler à de misérables immigrés.

— Vos économies se montent à combien ? demanda sournoisement Eugène.

— Cent francs tout au plus !

Baille plissa le front et se tortilla les lèvres.

— Avec ça, vous n'irez pas plus loin que Lantosque ! Vous ne pouvez pas débarquer devant votre cousin germain les mains dans les poches. Il faut posséder un minimum. Tu me dis juillet...

Eugène compta sur ses doigts.

— En enlevant le voyage, vous avez au maximum huit mois pour remplir votre bourse ! Etes-vous prêts ?

— Eugène, tu ne vas pas recommencer !

— Suivez-moi.

9

Eugène écarta un monticule de bottes de foin et découvrit une trappe. Il alluma trois calens et, par un escalier de fer rouillé, les compères se glissèrent dans d'obscures profondeurs.

— L'ancienne cave que mon père avait creusée dans le rocher. Cramponnez-vous à la rampe. Les trois quarts du temps, elle est inondée. Un jour, il s'est encagné et a décidé de creuser un peu plus profond dans l'aven avec l'intention d'évacuer la flotte. Ce qu'il a découvert...

Ils avancèrent dans les entrailles des Clos. L'eau suintait des murs. Le sol boueux collait aux semelles. Les toiles d'araignée s'agrippaient aux cheveux. A tâtons, ils arrivèrent devant un empilement de caisses. Eugène fouilla un trou entre deux pierres, en sortit une énorme clef et força la serrure d'une porte massive. Le pêne céda. Les chambranles avaient gonflé. Un coup d'épaule fut nécessaire pour ouvrir. Ils se retrouvèrent face à une cavité étroite, qui fuyait au-delà des lueurs hésitantes des flammes.

— Nous y voilà ! Gaffe où vous posez les pieds. Il y a des passages pas faciles. Baissez le front.

Ils s'enfoncèrent dans une baume creuse et voûtée. Ils devinèrent un air tiède et fade. Des particules de salpêtre s'effritaient sous leurs doigts.

— On est où ? demanda Adrien.

— En enfer ! pouffa l'éleveur. Satan nous attend pour banqueter.

Un grondement sourd roula sur leurs têtes et grandit à en être assourdissant.

— Nous passons sous le Boréon, dit Eugène. Encore une centaine de mètres et le couloir sera plus praticable !

— Ça me fout la pétoche, maugréa Adrien.

— Arrête de gémir ! répliqua Boniface.

La galerie s'élargit effectivement. Boniface remarqua que le sol était dallé, non pas naturellement mais par la main de l'homme. Leurs voix résonnèrent. La faille s'agrandissait. Ils n'en calculaient pas les dimensions. Eugène alluma des lampes à pétrole. La roche devint limpide, presque transparente. Une blancheur surnaturelle rendait le lieu féerique.

— Bienvenue dans mon sanctuaire, mes amis, et au Piémont ! annonça-t-il d'un ton exubérant.

Une grotte à demi ronde épandait ses reflets bleutés et argentés. Eblouis par un tel émerveillement, ils n'osèrent plus avancer. La bouche entrouverte, ils tournaient sur place dans le sens des aiguilles d'une montre. L'incroyable se dévoilait sous leurs regards. Ils voguaient dans les pages d'un ouvrage illustré. Sorcières, dragons et fées allaient bien sortir de quelque recoin.

— J'y crois pas... bafouilla Adrien.

— Pince-moi, dit Boniface.

— Nous sommes exactement sous la baraque des douanes ! Protégés en toute saison !

Eugène fit rouler une pierre parfaitement ronde qui bouchait la sortie, certainement la meule d'un pressoir à huile. Ils ne s'étonnèrent pas. Ils n'étaient plus à ça près.

— Nous débouchons sur le versant sud des granges du Beausset, après on enquille sur les Trois Ponts et le vallon du Champet !

Ils n'écoutaient pas Eugène, les yeux rivés à une arche naturelle. Ils n'avaient jamais assisté à un tel spectacle. Un feu d'artifice minéral explosait en étincelles fauves.

— Oh, les gamins, la visite est terminée ! cria-t-il pour les ramener à la réalité. Vous ne voyez rien d'autre que les cailloux accrochés au plafond ?

Lentement, en prenant un plaisir non dissimulé, il roula des bâches qui recouvraient des lots de marchandises classés, répertoriés par date et par prix. La caverne d'Ali Baba ou plutôt l'entrepôt d'un grossiste parfaitement organisé s'étalait devant l'incrédulité des garçons : tabac à priser, tabac à fumer, tabac en poudre par sachets d'un kilogramme, allumettes en cire, cigares, cigarettes, grappa en fût, cuir de Mantoue, tissus de velours, chemises de coton, sel, pneus... enfin tout ce qu'un contrebandier pouvait passer et tout ce que les autorités aimeraient récupérer, était soigneusement entassé au sec, sur des madriers surélevés. Cachée par un entrecroisement de stalactites et de stalagmites, une alcôve était équipée pour un long séjour : lit, couvertures, mobilier, nourriture, réchaud à alcool.

— Et tout gratos... souffla Eugène.

— Ça alors ! lâcha Boniface abasourdi. Nom d'une pipe ! Alors tu es un...

— On l'est tous plus ou moins... C'est une obligation inscrite sur le testament que l'on se transmet de génération en génération. Le facteur de Mollières, comme son homologue du village, celui qui t'a apporté ta lettre du Mexique, tu crois que dans les sacoches et les hottes de ses ânes, il n'a que des lettres ou des colis ? Chacun a une petite activité de complément, un domaine privilégié en quelque sorte. Y a des passeurs qui abritent les déserteurs du fort d'Entrevaux, ou les légionnaires venant d'Antibes, les escrocs, les assassins de tout poil et leur font passer les cols. Des maquignons sont spécialisés dans les bovins ou les bêtes à laine... et j'en passe. Ça fait marcher le commerce. Ce qui est illégal, c'est de se faire cravater.

— Et les douaniers ?

— De braves fonctionnaires, autant les ritals que les Français. Je les connais tous ! Sur Saint-Martin il y en a huit, sur Valdeblore trois, et Roquebillière quatre, le tour est vite fait ! Par gros temps, lorsque le froid devient insupportable, ils viennent aux Clos se réchauffer. Un refroidissement, c'est si vite arrivé ! Avec leur pèlerine, leur parapluie ridicule, leur chaise et le sac de couchage en peau, comment voulez-vous qu'ils résistent ? Du café bien brûlant, du fromage, un bon feu, ils passent la nuit tranquilles et évitent de geler. J'en ai sauvé quelques-uns de la maladie. Je mérite largement la Légion d'honneur ! On discute, on discute... L'alcool monte au cerveau, la fatigue fait son œuvre et, sans le vouloir, ils lâchent toujours des informations bien utiles. Ils m'ont averti que les gendarmes patrouilleraient tout l'été sur les sentiers de Férisson, de Nautès, les vallons de Cougne ou de Vigne, la maison Levis, le vallon de Madame, que la passerelle du Pas du Mulet serait constamment surveillée... Entre eux, c'est la guerre ! Ils ne peuvent pas s'encadrer et se mettent des bâtons dans les roues pour que les opérations ratent, ce qui arrange bien nos affaires. Quand la relève arrive, ils retournent à leur poste, ni vu, ni connu... Je leur rends des services, ils me renvoient la pareille.

Quand je monte pâturer aux Pourraches, pas besoin de passavant de pacage[1], ni à l'aller, ni au retour. Ils ne comptent plus les bêtes. Avec la tronche que Dieu m'a refilée, on me prend pour un brave ahuri. C'est une chance absolument fantastique. Qui oserait soupçonner Eugène Baille de la ferme des Clos ?

Boniface désigna du doigt les denrées exposées. Il avait pris un énorme coup de massue. Le frérot assis sur un sac tentait lui aussi de réagir.

— Comment en es-tu arrivé là ?

— Par le plus grand des hasards. Mon père me considérait comme un couillon : « T'es pas de taille, me serinait-il. T'es incapable de prendre des initiatives ! » Il m'écarta de ses trafics. Pourtant le brave homme ne doutait pas que je savais, car dès que je sus gambader je fus au parfum de ses manigances. Elles ne sentaient pas la rose mais nous permettaient d'arrondir les fins de mois.

Les soirs où sa mère l'enfermait dans la chambre avec l'interdiction de se lever, des discussions à voix basse remontaient à travers le plancher. La curiosité étant plus forte que la sagesse, le gamin se faufilait dans un recoin entre l'alcôve et le portemanteau,

1. Billet de circulation obligatoire sur lequel sont inscrits le nombre et la nature des animaux circulant de part et d'autre de la frontière entre la France et l'Italie, article 15 de la Convention du rattachement du 7 mars 1861.

espionnant avec la trouille au ventre. S'il se faisait prendre, les baffes pleuvaient, les coups de ceinturon aussi. Les punitions ne manquaient pas. Elles pouvaient durer des semaines entières. Pour couronner le tout, on l'enfermait dans la soue, à l'eau et au pain sec. Il en avait de l'imagination, l'ancêtre !

Les mystérieux invités l'impressionnaient, surtout un bossu à la jambe de bois. Les yeux cachés par des casquettes aux longues visières, ils ne levaient jamais le crâne, citaient des lieux, des granges, des vacheries... Douaniers, gendarmes, dénonciateurs, planques revenaient régulièrement. Parfois, en pleine nuit, on tapait discrètement. Le père se levait, sellait les chevaux, repartait avec ces inconnus et ne rentrait qu'au petit matin.

— J'ai découvert ce lieu fort longtemps après sa mort, reprit-il, alors que j'effectuais du rangement. Donc, en tout bien tout honneur, j'ai continué l'œuvre familiale, mais à ma façon.

Eugène Baille se destinait simplement à garder vaches et brebis, à cultiver le fourrage. Il vivotait dans une exploitation trop immense pour lui, mais apprit assez vite les subtilités montagnardes et tira habilement son épingle du jeu. Il resta sourd aux sirènes qui lui proposaient d'acquérir ses propriétés. Le soi-disant benêt ne se laissait pas embrouiller et se montrait de plus en plus affûté, souvent plus habile que certains fanfarons et grandes gueules de Saint-Martin-Vésubie. Il s'était forgé ainsi une redoutable réputation.

Quelques années auparavant, aux environs de la fin septembre, alors que les récoltes étaient remisées, que le troupeau avait endossé son rythme automnal, Eugène décrocha le fusil et gagna les hauteurs, sur le versant français. La chasse au chamois, sa seule distraction, occupait son esprit. Emmitonné dans un large manteau fauve, il écuma les rives sud du Boréon, se faufila au travers des mélèzes de la Cadière. Il quitta les bois et rejoignit un glacis écrasé par la bise roulante. Les précipices et les arêtes l'attiraient vers une ivresse que seuls les guerriers comprennent. Il traversa les pierriers, croisa des renards, aperçut des bouquetins, mais n'y prêta aucunement attention. Ce qu'il traquait, c'était le roi des sommets, le seul, l'unique. Eugène dormait dans des cabanes connues des montagnards. La marche, le guet décuplaient ses instincts primaires. De ravines en vallons, de barres en surplombs, il traquait l'animal, le doigt sur la gâchette, les yeux creux comme ceux de l'aigle. Il se muait en tueur implacable. Durant trois jours il courut derrière un mâle imposant, aux cornes dorées et recourbées, au pelage flamboyant. Mais celui-ci, grâce à son ouïe fine et à un sens magnifique du sacrifice, possédait toujours une longueur d'avance, l'entraînait là où il le voulait, le plus loin possible de sa tribu. Il se mettait hors de portée des balles. Le cou et la gueule tendus en guise de défi, il fonçait comme un éclair, dansait au-dessus des ravins et disparaissait.

Eugène se retrouva sans le vouloir en territoire italien. Il eut beau se battre la coulpe, il fallait qu'il reprenne le même itinéraire sans se faire alpaguer par la Guardia di Finanze car il ne possédait aucune autorisation de passage ni de chasse en territoire étranger.

Alors qu'il s'apprêtait à rebrousser chemin, il entendit une glissade, un rétablissement, ensuite des trottinements feutrés. Il se planqua sous un auvent de pierre. Soit des douaniers, soit des militaires transalpins, soit un colporteur, soit... pensa-t-il. Il tomba juste. Un individu à la trogne sanguine, le nez aplati, la carrure impressionnante, le faciès peu commode conduisait deux mules dont il avait recouvert les sabots de tissu pour amortir le bruit des fers. Les bâts chargés à rompre les échines, Eugène devina aussitôt qu'il avait affaire à une canaille. Sa tension retomba aussitôt. Il s'aplatit au fond du trou, ne se découvrit surtout pas, car ces individus n'hésitaient pas à tirer sur les curieux ou ceux qui ne faisaient pas partie de leur corporation.

Au beau milieu du sentier, les porteuses pilèrent brutalement, renâclèrent, esquissèrent des voltes, tendirent les pattes avant, reniflant le vent. Le bougre tordit si brutalement le mors que les gencives saignèrent. Il raccourcit les rênes : elles refusèrent les ordres, prises de panique. Une buée épaisse sortait des naseaux. Les flancs écumaient d'une sueur épaisse.

— *Avanti ! Avanti !*

Il éructa des hurlements de truie, des injures dont Marie Madeleine rougit encore. Il agita le fouet. Les lanières lacérèrent les croupes. Rien n'y faisait, bien au contraire. Il asséna furieusement des coups de poing sur le crâne.

— *Putana dè Diou !*

Les cris se répercutaient dans les gorges.

— *Avanti !* s'égosillait-il. On va se faire fusiller !

Plus le trafiquant insistait, plus les bêtes se braquaient, bottaient, braillaient d'épouvante, ressemblant à d'effrayantes gargouilles. Alors qu'il tournait le dos à la première, les fers des canons arrière l'atteignirent en pleine nuque et aux épaules. Des coups répétés et précis. L'escogriffe tourna sur lui-même. Son crâne se souleva. Il resta un moment suspendu, les yeux exorbités, égaré sur terre. Il lâcha prise, perdit l'équilibre, s'écroula face contre terre, et vira dans une crevasse. Les furies en profitèrent et s'enfuirent au galop vers l'ubac. Le calme revenu, Eugène se découvrit de sa cachette. En contrebas, le cadavre démantibulé était à peine visible. Le chasseur examina sous toutes les coutures la cavée. Qu'est-ce qui avait pu effrayer à ce point les bestioles. Le relief ? La pente ? La dureté du meneur ? Le chargement excessif ? Quelque chose s'était passé, mais quoi ? Soudain l'évidence le frappa, en examinant une dalle saillante : des poils de loup accrochés, de l'urine, des traces de régurgitation et l'odeur si caractéristique du prédateur... Eugène Baille se sentit complètement ridicule de ne pas avoir trouvé du premier coup.

Une idée géniale germa dans sa tête. Pour un natif du Mercantour, les astuces des aigrefins ne possédaient aucune difficulté particulière et il n'y avait pas trente-six passages à l'aller comme au retour... Depuis l'enfance, chaque pierre, chaque détour lui était familier et il appelait les buses par leur prénom, disait-il.

10

Eugène Baille ponctuait ses exploits de rires francs. Le personnage pétillait. Boniface et Adrien tombaient des nues et prenaient une gigantesque leçon de débrouillardise. Ce maître en la matière était certainement le plus incroyable imposteur que l'on pouvait rencontrer sur le canton. Qui aurait pu déceler, en ce rondouillard pépère dont le ventre débordait du pantalon, un tel phénomène ?

— Ensuite ? insista Boniface.

— J'ai récupéré le chargement au serre des Petits Adus et j'ai continué le chemin jusqu'ici. J'ai déchargé, trié, jeté ce qui n'offrait aucun intérêt et entreposé le reste dans la grotte.

— Les mules ?

— Les cadeaux soudent les amitiés... Je les ai offertes à deux collègues en faction au poste de douane, expliquant que je les avais trouvées dans les combes. Va, ils ne les ont pas refusées, trop contents !

— Le corps ?

— Un copieux repas pour les renards et les rapaces. Ils ne laissent que les os blanchis. Les torrents les emportent à la fonte des neiges. Pas de messe, pas de sépulture. Au bal des malandrins, on n'a pas besoin de cérémonie.

— Personne ne s'est inquiété de ce pauvre type ?

— Décidément, il faut tout vous expliquer !

— La famille ne le recherche pas ? s'étonna Adrien.

— Qui va réclamer un escroc et des produits illicites à la gendarmerie, aux carabiniers ou aux gardes champêtres ? Qui désire être suspecté de complicité et se retrouver au gnouf ? Dans cette besogne, on sait quand on part, mais pas quand on arrive… C'est la loi du destin. Ce n'était qu'un parmi tant d'autres, dit-il d'un geste blasé. Je ne me suis pas arrêté à ce seul coup. Fut un temps, quand je pouvais encore galoper à ma guise, je n'allais plus à la chasse au chamois, mais au contrebandier. Beaucoup plus amusant. J'ai essayé toutes sortes d'embuscades ! Celle qui fonctionnait le mieux, incontestablement, était le loup faisandé. J'en tuais un, le laissais pourrir sous des fagots et balisais le passage avec la tripaille et le sang séché. Le spectacle se déroulait exactement comme prévu, les mules se débattaient et s'enfuyaient, laissant le maraudeur perdu dans les cols. La suite, vous la connaissez, je récupère les baudets et le tour est joué ! Mais attention les enfants, Eugène Baille a de l'honneur. Jamais, et je le jure devant le Tout-Puissant, je n'ai entourloupé un colporteur ou un pacotilleur[1]. Je ne m'intéressais qu'aux attelages conséquents. Une mule ou deux, là tu te dis ça vaut le coup ! Et surtout je savais où les patrouilles circulaient...

Il cala derrière l'oreille une chique.

— Ce manège dura une bonne année, ensuite je me suis assagi, car à Cuneo, Valdieri ou San Giacomo d'Entraque on parlait du danger des cols de Cerise, de Salèse ou des Mille Fourches. Les loups étaient soi-disant revenus et en meutes. Les forbans préféraient assurer par la Lombarde, Isola ou bien Limone et Tende. Ils craignaient moins les fonctionnaires que les prédateurs !

La façon si naturelle de narrer ses prouesses acheva Boniface. Adrien n'en perdait pas une miette. L'homme portait en lui quelque chose de désarmant et de désinvolte. Nul ne pouvait lui résister. Il continua son discours tout simplement.

— En quelque sorte, je rends service à la justice. Bon, d'accord, vous allez me dire que je garde le butin, mais qui me paierait autrement ? En fait, je considère que c'est un impôt, une taxe de passage !

Les garçons demeurèrent à la fois admiratifs et perplexes. Pourquoi tant de marchandises reposaient-elles au fond de ce souterrain ? Pourquoi ne

1. Passeur de petites marchandises sans trop de valeur : clous, boutons, fil...

s'en était-il pas débarrassé au fur et à mesure de ses prises ? Boniface commença à saisir les intentions d'Eugène... Le roublard avait besoin d'eux pour écouler son butin. Il les avait conduits dans son antre pour les mouiller ! Une sorte de méfiance rétrospective surgit. Il fallait aux Vitali des garanties sûres.

— Oh, les jeunes, vous ne causez plus !

— Qu'avons-nous à voir avec ton trafic ? demanda Boniface.

— Je n'ai jamais pris un seul risque. Je ne démarche pas, je rends service si on me sollicite. Et pas avec n'importe qui... Je renifle un gendarme à dix kilomètres à la ronde, même en tenue du dimanche. Sa façon de marcher, le menton pointé au-dessus de la foule, ne me trompe pas !

Adrien haussa le ton.

— Vas-tu nous répondre pour une fois !

Eugène fronça les sourcils et perçut les réticences de ses compagnons.

— J'attendais le moment venu... Si je crève aujourd'hui, personne à part vous deux ne saura le mystère de la ferme des Clos. Votre fameux cousin Arnaud, le Mexicain, vous a-t-il dit combien coûte un billet Bordeaux-Veracruz ?

L'ancien avait trouvé le point sensible. Cet obstacle se dressait comme une gangrène purulente. Malgré leur volonté, économiser une telle somme paraissait insurmontable.

— Non, bien sûr, mais moi, Eugène Baille, je me suis renseigné. Un maraîcher de Saint-Dalmas a voulu partir, mais sa bourse était aussi plate qu'une figue sèche. Huit cents francs, mes amis ! Vous entendez bien, huit cents francs et par passager ! Le salaire annuel d'un douanier de première classe ! Et en troisième catégorie, messieurs, c'est-à-dire en fond de cale avec la cargaison et les clandestins. Une fois à destination, dans un état plus que lamentable, il vous faudra franchir les cordons sanitaires. Si vous ressemblez à un chiapacan[1] ou reniflez la maladie, retour en France illico et presto ! D'où l'intérêt de voyager en classe supérieure et de débarquer pomponné en pleine santé pour éviter les désagréments.

Ces paroles tombèrent sèchement, comme s'ils devaient se les enfoncer dans le crâne.

— Donc il ne vous manque plus que mille cinq cents francs au minimum... Et tout ce bazar représente votre bon de sortie ! Alors qu'en dites-vous ?

— Mais pourquoi nous ? s'exclama Boniface.

— Si un jour j'entends la sirène d'un bateau en partance pour Veracruz, je me dirai : Eugène, ta vie a un sens à présent ! Me comprenez-vous ?

Son amitié et sa bonté émurent les garçons. Ils avaient trouvé en Eugène un allié fantastique. Tous trois scellèrent un pacte. Les yeux rougis, l'éleveur les étreignit.

1. Mal habillé, débraillé, miséreux.

— A la bonne heure, dit-il. Nous allons accomplir de grandes choses. Vive le Mexique et vive la jeunesse !

Boniface rejoignit le Béal par la porte Sainte-Anne. Il se tapit dans l'ombre d'une remise. A une dizaine de mètres en retrait, Adrien protégeait les arrières, un énorme gourdin à la main. Bien en avance au rendez-vous, ils eurent le loisir d'inspecter le coupe-gorge et de se rendre maîtres des lieux.

La masse noire des maisons déclinait une ambiance hostile. Les variations lunaires éclaircissaient par instants fugitifs les cheminées. Les nuées s'effilochaient dans un ciel exsangue d'étoiles. Les formes épousaient des apparences volatiles qui se gondolaient contre les façades... La rigole de la rue Centrale léchait avec des bruits de succion les pavés. Des froissements de l'air remontaient des relents d'excréments et de pourriture. Boniface fouillait l'obscurité. Il avait le souffle court. Son cœur faisait un boucan du diable. Une sueur glacée lui coula dans les reins. Deux rues en aval, proche de l'église, le tintamarre du bistrot d'Alberte passait l'huis à petits carreaux.

Lorsque les inséparables avaient avoué à la patronne leurs intentions, lui demandant d'intercéder auprès de ses relations « mondaines », elle s'était figée comme deux ronds de flan et avait mis un moment à réaliser.

« Vous ? s'était-elle étonnée.

— Faut bien qu'on se dépatouille... » avait avancé Adrien.

Elle leur avait lancé un regard où se lisait une certaine déception.

« Ventrebleu, c'est la meilleure ! Regardez-moi ces saintes-nitouches ! De la graine de crapules !

— Alberte, c'est un coup unique, avait assuré Boniface.

— Vous ne savez pas où vous mettez les pieds, vous êtes inconscients.

— Si nous réussissons, nous disparaîtrons loin d'ici, au Mexique. Plus personne n'entendra parler des Vitali. A nous la liberté et la fortune !

— Vous êtes sûrs de vous ? avait-elle redemandé.

— Fais-nous confiance...

— La confiance ! avait-elle ruminé. Dans ce milieu, ce mot est banni ! Parlez-moi plutôt de trahison, de dénonciations, de règlements de comptes, de lâcheté, de vermine... Là vous tapez juste !

— Alberte, je t'en prie, avait insisté Boniface. C'est notre seul moyen ! »

Elle les avait sermonnés comme une mère. Les consommateurs dégustaient la séance avec plaisir. Lorsque Alberte s'emportait, cela mettait toujours une ambiance à la hauteur de son établissement.

« De loger chez Eugène Baille, cela ne doit pas être drôle tous les jours. Ça donne envie de se tirer. Le pauvre homme, il est bien brave mais idiot et répugnant. Comment pouvez-vous dormir dans son bouge, curer son écuelle, boire dans ses gobelets ? Ça suinte la crasse. Ça m'écœure. Il se lave avec la serviette d'un Maure[1]. Quand il se débarbouille !

— Comment le sais-tu ? s'était exclamé Adrien.

— Saint-Martin est minuscule, s'épie, se jalouse... Les curieux, les maniaques, les bêtes à bon Dieu exercent leurs talents là où on ne les devine pas. Ils vendraient leurs enfants pour un ragot ! Personne ne peut cacher un secret... même s'il coupe le soir par les futaies et les chemins buissonniers. Alors, prudence, mes enfants. Alberte se reprocherait jusqu'à la fin de sa malheureuse existence de vous avoir balancés dans le pétrin.

— Tu m'estomaques ! s'était exclamé Boniface. On croyait que... »

Il n'avait pas achevé la phrase, déstabilisé. Alberte l'avait repris durement :

« Si tu veux rentrer dans le merveilleux milieu des mauvais garçons, tu ne peux pas flancher maintenant. Tout le bar t'observe. »

Le temps paraissait infiniment long, interminable. Ils rassemblaient toutes leurs forces pour

1. Expression marseillaise, façon de désigner quelqu'un de très sale.

paraître sûrs d'eux et impressionner par une froideur cachée leur interlocuteur. Soudain une silhouette déboucha dans la venelle et avança d'une démarche énergique et pressée sur le sol brillant de glace. Boniface resta surpris et reconnut l'ostrogoth à la moustache pendante, toujours fourré au fond du bar, celui qui manipulait magnifiquement le couteau.

— Le Gitan... murmura-t-il.

Il passa devant Adrien sans sourciller. A hauteur de l'aîné, il lorgna la ruelle à la dérobée, ramassa la salive au fond de la gorge, cracha à six encablures et marmonna avec une haleine de chique :

— Dis à ton frère de nous rejoindre. Avec le Gitan, il n'y a jamais de blème, si vous êtes réglos.

Le visage ravagé de cicatrices, une énorme bague au doigt, une chaîne en or, le médaillon de la Vierge noire accroché autour du cou déstabilisèrent Boniface. Tout ce qu'il avait calculé et imaginé tombait à l'eau. Il évita de se faire plus gros que le crapaud. Face à ce genre de crapule, cela ne paierait pas, et il n'avait aucune chance de ressembler à celui qu'il n'était pas. Le Gitan devait en avoir goûté à des vertes et des pas mûres, alors inutile d'en rajouter. Ce n'était pas un demi-sel. Sa stature de brute le précédait. Boniface dut surmonter son malaise pour discuter sans trembler. Il essuya ses mains moites au fond de sa poche.

— La recommandation et la protection d'Alberte me suffisent. Vous n'avez pas une gueule de voyous et en la matière je m'y connais. Mettez-vous à l'aise. Je lui ai promis que tout se passerait bien. Si vous avez une affaire, allongez-vous, sinon je retourne au chaud devant un bon rhum et l'on se quittera ni vu ni connu. Mais vous n'aurez pas de seconde chance. Le Gitan n'a qu'une seule parole.

— Enorme ! sortit de la bouche d'Adrien.

Le Gitan se retourna vers le cadet.

— Comment ça, énorme ?

— Deux chariots bourrés à la gueule... ajouta Boniface d'un ton ferme. On peut annoncer la récolte d'une vingtaine de passeurs et pas des fifrelets ! Des produits de qualité, très recherchés et à un prix honorable !

— A prendre ou à laisser, conclut Adrien

— Tron de sort, vous commencez à me plaire ! Vous vendriez des curés à des belles-mères !

11

Un rendez-vous fut fixé le surlendemain aux Costes à minuit tintant. Les garçons avaient repéré une baraque de cantonnier afin d'entreposer les marchandises et attendre sans être vus. Le nombre de voyages à accomplir de la grotte au lieu dit était conséquent et le chemin devait être débarrassé de fâcheux imprévus. Les conditions climatiques œuvraient pour eux. Les brigades volantes ne patrouillaient pas et restaient encasernées. Seuls les douaniers en poste fixe montaient la garde.

Eugène entra dans la danse et débaucha les préposés qui ne purent résister au fumet d'une délicieuse daube de chevreuil accompagnée d'une poulenta moelleuse à souhait. La merveilleuse chaleur de l'âtre détendrait les corps et les esprits. Baille connaissait bien ces deux gars du pays, des bonasses, peu futés, qu'il avait vus grandir et chaparder dans les champs. D'ailleurs, qui pourrait bien se perdre dans le Boréon en cette saison et à la nuit ? La hauteur impressionnante des congères empêchait toute velléité. Relevés à l'aube et par cette froidure, les fonctionnaires ne risquaient pas une inspection. L'abandon de poste les conduirait irrémédiablement devant le conseil de discipline. Les officiers ne badinaient pas avec le règlement, se montrant souvent trop sévères envers leurs subordonnés. Les préposés délaissèrent leur faction sans aucun scrupule et profitèrent de l'invitation.

— On prend le froid par-dessous à cause de la rivière, par-dessus si il pleut et le vent te guillotine de face ! De quoi cracher les poumons avant l'âge, raconta le premier en tendant les mains vers les flammes.

— En plus, dans la guérite, pas de poêle et interdiction d'allumer un brasero ! Ceux de Fontan, de Sainte-Claire ou de Saint-Grat logent dans une maison en dur et ont un minimum de confort, se plaignit le second.

— Le Boréon : une véritable punition. Heureusement que Baille veille sur nous !

Ils trinquèrent à la santé d'Eugène.

— Buvez, mes amis ! Un bon verre de pinard enlève deux francs au rebouteux !

— Le capitaine, grognèrent-ils, lui est peinard, bien au chaud dans son logement de fonction. Sa femme lui sert une soupe chaude, ensuite sous les draps propres et en avant la bagatelle, mon gaillard ! Il œuvre pour la France.

— S'il croit nous impressionner raide dans ses braies bleues aux bandes rouges avec ses bottes bien cirées et sa casquette, il se fourre le doigt dans l'œil jusqu'au coude, et avec les manches de la chemise !

— Boulot de crevards ! On se pèle pour contrôler les bouquetins et les chiens errants.

— Moi, je suis heureux de votre compagnie. Chaque fois que vous me visitez, c'est un peu ma fête. Seul dans ces murs, même chauffés, j'ai froid au cœur... se lamenta Eugène. On bourre sa pipe avec le tabac qu'on a...

Le barbera, confus, léger, roulait sous la langue et emplissait les papilles d'une saveur de framboise. Leurs paupières clignaient. Ils étaient bien. Il faisait bon. Une délicieuse somnolence les engourdissait. Alors pourquoi résister à la tentation ? Baille s'activait devant la cuisinière en chantonnant :

— « Ce beau pays qu'on se l'aime tant tous, ce beau pays où poussent les cailloux[1]... »

Jetant un œil par les carreaux embués, il comptait les passages et veillait au bon déroulement du transport. Garibaldi, couché devant la porte, calfeutrait les courants d'air.

Il tourna la farine de maïs à la spatule dans l'eau bouillante, écrasa les grumeaux, trouva l'onctuosité parfaite, la fusion idéale en l'additionnant d'un filet

1. Refrain provençal, concernant l'agriculture de cette région.

d'huile d'olive et d'une poignée de parmesan râpé. Il goûta la sauce de la daube en trempant une mouillette, ajouta juste une pincée de poivre et de sel. L'odeur du mets se faufila sous les solives. Les arômes fondaient dans les bouches. La salive se mouillait de goûts, de sensations farouches. L'impossible attente céda. Les gaillards d'un bond concerté se mirent à table et nouèrent un torchon autour du cou.

— A l'affamé, pas de mauvais pain ! s'écrièrent les convives.

La lune réfugiée derrière une masse compacte de nuages cachait sa clarté mielleuse. Le ciel tourmenté cristallisait les ombres et annihilait les contours de la piste. Le brouillard noyait la rivière telle une immense couverture. L'immobilité du Mercantour pesait sur le vallon d'où remontait le froid. Trois transports furent nécessaires de la grotte aux Costes. Ils n'emportèrent que ce qui pourrait intéresser le Gitan. Ils percevaient difficilement les obstacles entravant le parcours. Aucune empreinte de sabots ou de semelles ne marquait le sol aussi roide que du granit. Lorsqu'ils passaient à proximité de la ferme, ils distinguaient la silhouette d'Eugène rigolant avec ses invités.

— Je donnerais une fortune pour une louche de ragoût, chuchota Adrien.

— Tout à l'heure nous aurons tout loisir de nous en mettre plein la panse.

— J'ai cet arrière-goût de thym et de sauce vineuse... Je pense aux plats de maman.

— Laisse-la où elle est ! s'énerva Boniface.

— Sa daube relevait du génie...

— La ferme ! grinça Boniface.

— C'est notre mère, quand même !

Lors de l'ultime chargement, les fêtards se congratulaient devant l'entrée. Ils balançaient des histoires salaces, hilares pour un oui ou un non. Finalement ils embrassèrent Baille, le remerciant de cette veillée réconfortante.

— Quatre heures encore... On pique un petit roupillon histoire d'oublier qu'on se pèle ! râla un douanier.

— Quel brave gars, ce Baille ! Si tous étaient comme lui ! ajouta le second.

Au douzième coup de cloche, l'aîné entrebâilla les battants. Le Gitan se dressa devant lui, un fanal à la main. Ils ne l'avaient pas entendu venir. Il franchit le seuil. Ses complices, armés de pétoires, veillaient à la sécurité de l'endroit.

— Pile à l'heure, apprécia-t-il.

L'inspection dura une éternité. Boniface et Adrien se placèrent hors de portée du brigand, parant ainsi à tout réflexe imprévu. Aucune peur ne les tiraillait. Ils étaient sûrs d'eux et traitaient d'égal à égal. Ils suivaient attentivement les gestes du Gitan, qui ne se pressait pas, et restaient impassibles à ses réactions. Ses sourcils ébène, agrémentés d'une verrue proche de l'oreille, se fronçaient devant chaque tas parfaitement organisé avec des étiquettes mentionnant la quantité, le poids et les dimensions.

— Une véritable droguerie, sourit-il. Vous ne manquez ni d'audace, ni de culot, ni d'organisation ! J'en connais qui auraient la pétoche de me voir ainsi dans leur tanière. *A pou dou garri-babou*[1] *!*

Il gonfla ses joues et lâcha un geignement de satisfaction. Puis, il examina attentivement les produits, goûta le tabac, huma les cigares, les fit craquer à l'oreille, tâta les cigarillos, s'étonna devant la quantité de cigarettes.

— Bien, bien, dit-il. Pas trop sec. Pas moisi. De la première qualité. C'est très rare !

Il s'extasia devant les tissus de velours, les dentelles, les voilages de tulle brodés et les motifs stylisés des tapisseries. Il caressa avec un toucher d'expert les cuirs de Mantoue, soupesa les sacs de sel et de riz et goûta aux alcools.

— Extraordinaire ! Mais d'où tirez-vous tout ceci ? Depuis que j'exerce, je n'ai jamais vu une telle récolte.

— De nulle part et de partout, répondit Boniface.

— Décidément vous me plaisez, les petits ! répéta-t-il.

1. Peur de pas grand-chose, froussardise.

Il sortit de la poche une liasse de billets qui impressionna les garçons et perçut l'irrépressible roublardise qui émanait des Vitali. On leur aurait donné le bon Dieu sans confession. Ces cocos en étaient à leur premier coup mais certainement pas à leur dernier ! Ils iront loin... pensa-t-il.

— Votre prix sera le mien. Je ne marchanderai pas. Alberte ne s'est pas trompée. Si un jour vous souhaitez travailler pour moi, vous savez où me trouver. Des associés comme vous ne fréquentent pas les sentiers de montagne.

— Notre destin n'est pas ici, avoua Adrien.

— Malheureusement, lâcha le Gitan. Vous n'avez pas les foies, vous êtes téméraires. Mais on ne sait jamais. La vie vous réserve parfois bien des surprises.

Boniface et Adrien s'assurèrent que l'équipage du Gitan empruntait bien la route du col Saint-Martin et vérifièrent qu'aucun indice ne les trahirait. Ils laissèrent le lieu dans l'état où ils l'avaient trouvé.

L'opération achevée, ils rentrèrent aux Clos, soulagés. Une grisaille tenace couvrait les maisons disséminées sur les contreforts. Le paysage leur parut reposant. Un vertige merveilleux les traversa : une sorte de plaisir facile et magique, une sensation rare. Ils débâtèrent la mule, lui donnèrent un sac de maïs à la hauteur de son mérite. La paille, le cuir des vieux harnais, les reniflements des vaches, l'agitation des porcs les ramenèrent aussitôt à la ferme. Ils tombèrent leur canadienne comme l'on enlève un déguisement ambigu, s'affalèrent de tout leur poids sur les chaises et poussèrent un long soupir de soulagement. Eugène jeta un demi-tronc dans la cheminée. Il apporta des assiettes, le faitout et des bouteilles sur la table.

— J'ai eu un mal fou à garder les bons morceaux. Un douanier ça dévore... deux, ça te suce les économies ! Ils se sont fait péter l'embouligue.

Il s'assit face à eux et ne brusqua pas les garçons qui mangeaient, buvaient et se remettaient de leurs émotions. Boniface et Adrien mâchonnaient, les yeux perdus dans un silence protecteur. Ils revivaient intensément leur soirée. « On prend l'argent où il est ! » La phrase d'Eugène résonnait dans leurs pensées. Cet homme est de bon conseil, une mine d'or... réfléchit Boniface. Il y a des moments comme ça qui en disent long, des moments éternels où la vie est si simple ! Garibaldi posa sa truffe sur son genou et tendit vers l'aîné un regard de tendresse. Un rêve grandiloquent se substitua à la fatigue. La sirène de l'*Etoile-des-Amériques* résonna dans sa tête et lui donna des frissons.

Il n'y eut pas d'exaltation ni d'excès. Ils profitèrent paisiblement de leur réussite, à l'image du décor qui les entourait. Boniface appréciait avec bonheur la présence de leur vieil ami, qui étonnait son petit monde à chaque instant.

— Alors ? dit Eugène.

Adrien étala les billets sur la toile cirée et partagea la somme en trois parts égales.

— Nous nous en sommes plutôt bien sortis !

— Deux mille francs ! s'étonna l'éleveur.

— Sans discussion. De toutes les façons, avec le Gitan, il est inutile de palabrer.

Eugène repoussa les billets.

— Vous en aurez plus besoin que moi.

— Mais, Eugène !

— N'insistez pas. A présent, il faut disparaître de la circulation. Nul ne doit vous voir au village. Vous êtes déjà au Mexique !

Le sommeil ne vint pas de suite. Boniface tournait et virait sur sa paillasse. A ses côtés, Adrien dormait comme un nouveau-né. Le petit jour baignait la chambre de discrets reflets. Les images défilaient à une vitesse vertigineuse, se succédaient en une interminable épopée où rien ne pouvait leur arriver. Il s'inventa un songe dans lequel il se trouvait bien, un songe où tout est mystérieux. Doué d'une intelligence et d'une témérité particulières, il dominait le commun des mortels. Le Rubicon franchi, il restait à prendre son envol. Il devenait un guetteur furtif marqué par un destin providentiel. La fascination de l'interdit effaçait singulièrement les remords d'une éducation sévère et banale.

Boniface s'élevait au-dessus des lois.

12

Jusqu'à la fin de l'hiver, les garçons ne pointèrent pas leur nez hors des Clos. L'annonce du départ au Mexique provoqua l'admiration, le respect et expliqua leur comportement. Les frères avaient bien caché leurs ambitions. Cet acte de bravoure remisait les supputations diverses au rang d'anecdotes et suscita même des vocations.

— Y doit se sentir minuscule dans son auberge ! chambra Nettou le berger, butinant de comptoir en comptoir. Y doit faire une de ces bèbes [1] !

— Occupe-toi donc de tes chèvres ! Faut toujours que tu mettes ton grain de sel là où il ne faut pas, le rabroua-t-on.

A l'Amicale du canton, les notables ne tarissaient pas d'éloges et félicitaient Antoine pour avoir

1. Moues, grimaces en langue d'oc.

su transmettre la volonté et l'ambition à ses fils ; des vertus que la modernité érodait sans pudeur ! Les anciens ne percevaient plus dans la jeunesse locale le désir d'entreprendre et d'oser. Le miroir de l'industrialisation, l'argent soi-disant facile anéantissaient les initiatives. Un laisser-aller qui se réfléchissait jusque dans les hameaux les plus reculés. Combien avaient eu l'idée de tenter l'aventure, mais seul le courage leur manquait.

— Centime après centime, sans rien demander aux parents, ils ont économisé pour s'affranchir. Une leçon de civisme à raconter aux morveux qui passent la journée aux boules ou au troquet ! glosa-t-on autour des tapis de cartes.

— Lorsqu'ils reviendront, ces messieurs acquerront la moitié du village ! J'ai des parents gavots qui étaient dans leur cas et maintenant ils ne pleurent pas sur leur compte en banque, expliqua le président de la société de chasse. Lorsqu'ils sont partis du Chastel, ils ne possédaient même pas leur musette. A présent, ils ont ouvert à Mexico des magasins à l'enseigne des Sept Portes et possèdent des usines textiles sur l'ensemble du territoire. Ils emploient plus de mille tisserands et fileurs !

— L'auberge, que deviendra-t-elle le jour où Madeleine et Antoine ne pourront plus la tenir ou bien s'ils retournent d'un coup les chaussettes[1] ?

1. Expression marseillaise : « s'ils meurent ».

— L'air de là-haut, ça conserve... Ils nous enterreront tous... estimaient les clients.

Boniface passait des heures devant les flammes. Sa concentration était telle qu'il ne se souciait pas de la présence des autres occupants. Souvent ils le retrouvaient le matin endormi, affalé sur le bord de la table. Il parlait peu ou avec une lenteur excessive. Chaque mot pénétrait sa mémoire avec une gravité solennelle. Il plongeait la maisonnée dans un havre studieux, écoutait Eugène décrire l'histoire locale, les habitudes des citoyens, ceux dont la fortune était établie. Il le questionnait pertinemment sur des détails qu'Adrien ne comprenait pas toujours mais dont l'importance paraissait majeure. Il posait ses doigts sur les tempes et fixait longuement une miette de pain ou un point perdu quelque part dans la pièce. Adrien le laissait bouillir dans son jus. Un de ces quatre, Boniface ressusciterait et donnerait le résultat de ses cogitations. Mais parfois le cadet bouillait. Que son aîné le délaisse ainsi le situait à un rang secondaire. Il piaillait comme un petit coq ébouriffé devant une couvée de poulettes. Eugène usait de toute son influence pour qu'il ne commette aucune imprudence.

— Il a l'air si bizarre...

— Il se triture les méninges...

— On dirait qu'il perd la ciboule !

— Bien au contraire...

— Tu as beau dire ce que tu veux, ça ne me plaît pas du tout.

— Il pense à ton avenir !

Ces explications énigmatiques déroutaient Adrien et ce mutisme prolongé le perturbait. Ils avaient partagé tant de secrets, tant de solitude sur les plateaux en gardant les vaches, tant d'humiliation de la part du père que leur chair et leur cœur n'étaient qu'un et indivisible. Malgré ces ressentiments passagers, il se résolvait à prendre son mal en patience.

Les brumes s'effaçaient et offraient la place à une lumière étrange et vive. Les bosquets s'ébrouaient. Les faîtes d'un vert tendre se balançaient allègrement au gré des souffles. La nature renaissait graduellement. Les variations de couleurs lavaient les forêts. De microscopiques lézards se chauffaient sur la pierre, au midi. Le sol regorgeait de sources. La boue traçait les chemins naturels que le paysan devait suivre. A chaque froissement correspondait une sensation de volupté, à chaque murmure l'âme du Mercantour se confiait à l'homme.

La vigne rousse rampait sur les façades et tendait ses bourgeons à la sève montante. Des nuées d'oiseaux tourbillonnaient. L'aube pastel irisait Notre-Dame-de-l'Assomption. Les platanes décrivaient une allée parfaitement rectiligne. La tiédeur méditerranéenne s'engouffrait dans les étables. Agneaux et brebis bêlaient d'impatience. Le printemps annonçait les grands espaces. Des cris montaient des champs. Boniface adorait les prémices de ce bonheur singulier. Il éprouva un grand sentiment de plénitude.

Le samedi matin, il se leva, s'ébroua comme une mule après s'être roulée dans le sable, avala un bol de café, consulta l'almanach des postes et annonça :

— Dans trois jours, je suis de retour.

Il enfila sa canadienne, remplit une musette de provisions et disparut, laissant pantois Adrien.

— Le cochon, il s'en va !

— Pour la bonne cause, lui répondit Eugène.

Cette absence parut une éternité. Adrien se morfondait, retenait douloureusement une sorte de résignation. Il faisait des efforts surhumains pour ne pas prendre la poudre d'escampette et suivre son frère.

— Quand reviendra-t-il ?

— Quand il l'aura décidé ! Il ne t'abandonnera jamais, rassure-toi. Un chef ne met jamais en péril ses soldats.

— Je ne comprends rien à tes sornettes.

— Il repère, guette, étudie...

Adrien fit des yeux de chouette.

— Vous ne vous lancez pas dans la facilité. Soit vous passez, soit vous vous cassez la gueule, continua Eugène. Et dans ce cas-là, fini la belle vie...

— Tu sais des choses que j'ignore.

— Il t'expliquera le moment venu.

— On dirait vraiment que je suis de trop entre vous.

Un frôlement léger. Adrien sursauta et reconnut la silhouette de Boniface. Il s'allongea tout habillé sur le matelas et croisa les mains sous la nuque.

— Ça va ? demanda le cadet à voix basse.

— Terrible !

— Raconte !

— Demain, je te le promets... Tu ne seras pas déçu !

— Ne me refais plus jamais ce coup !

— Je ne pouvais pas me faire repérer, tu le sais bien. Un chasseur, un laboureur, un garde-frontière, on ne sait pas qui l'on peut croiser au détour d'un sentier. Seul, on peut rapidement se parer des mauvaises rencontres. A deux, il y a toujours quelque chose qui cloche.

— Jure-le-moi ! gronda Adrien.

— Mets-toi un peu de plomb dans la cervelle. Je ne fais pas cela par plaisir.

Au petit déjeuner, ils se retrouvèrent tous les trois se régalant de côtes de porc grillées. Boniface avait retrouvé sa volubilité d'antan. Il rayonnait. Adrien riait à pleine bouche et transmettait à Eugène sa gaieté. Les banalités passées, Boniface montra un cahier rempli de notes et de croquis. Il avait jeté son dévolu sur les comtes d'Hangrain et de Bonjetour, dont les domaines de Saint-Michel et de Lancioures surplombaient la station thermale de Berthemont-les-Bains. Ils y résidaient jusqu'à la fin du mois d'avril, où ils prenaient les eaux. Ensuite, l'été, ils rejoignaient la belle société niçoise sur la Riviera, comme les conventions l'exigeaient. Le troisième élu, le comte de Casserta, se tenait à l'écart des relations mondaines qu'il exécrait. Ses vastes domaines, tenus par deux fermiers et leurs marmailles, s'étendaient de Roquebillière jusqu'à Venanson. Chasse, pêche, vie paysanne convenaient parfaitement à son mode d'existence. Sa demeure de Castel Vieil, un corps de ferme templier, ressemblait à ce personnage grisonnant, fort bel homme, volage, appréciant les soubrettes, semant des enfants aux quatre coins des bois.

— Tu ne te mouches pas dans les doigts, soupira Eugène.

— Ce ne sont pas des inconnus. Chaque année ils venaient aux Granges Neuves se pourlécher de la cuisine de ma mère. Au repas du soir elle nous refilait les restes comme si nous étions leurs laquais. Interdiction de nous montrer. Interdiction d'approcher leurs enfants. Nous n'étions pas assez bien pour eux !

Description des lieux, implantation des maisons, entrées de service, balcons, fenêtres, nombre d'étages, personnel, heures de promenade ou de messe, chemin d'accès et de repli, planques nécessaires, le moindre détail était parfaitement transcrit. Ce n'était plus un repérage mais un véritable recensement du quotidien. Boniface exposa un plan de bataille.

— Pour ce qui concerne Hangrain et Bonjetour, les propriétés ne sont pas très éloignées l'une de l'autre et bordent la même route. Nous agirons le dimanche matin car Hangrain et son épouse assistent à la grand-messe de onze heures à Saint-Martin-Vésubie. Ils quittent leur résidence sur les coups de neuf heures trente. Seul un vieux valet reste à Saint-Michel. Bonjetour suit le même itinéraire quelques minutes après avec madame et ses trois filles. Il emmène dans l'automobile la bonne qui chaperonne les enfants. La demeure de Lancioures est ainsi vide puisque le domestique sert de chauffeur. Après l'office, ils déjeunent au restaurant des Marronniers comme tous les jours du Seigneur depuis que le monde existe. Donc nous avons le temps nécessaire de visiter les lieux et nous replier ensuite à l'Alberet où j'ai trouvé un cabanon qui nous permettra de reprendre notre souffle et d'attendre le lendemain. Nous y apporterons des vivres et des couvertures. Casserta, c'est un autre problème que nous résoudrons le lundi. Ce jour-là, il visite ses fermiers en compagnie de madame et d'un métayer et ne rentre qu'en fin d'après-midi. La cuisinière et le laquais partent à pied au village pour faire des courses. Castel Vieil sera en principe à notre portée. Mais il faudra avoir les yeux de partout car beaucoup d'employés passent dans la cour et il n'y a qu'une entrée. Le versant nord donne sur un à-pic. Il nous sera impossible d'escalader la façade. La mission accomplie, nous regagnerons notre point de repli et attendrons le milieu de la nuit. Il n'y aura pas de lune, je l'ai lu sur le calendrier.

Ils suivirent son discours avec la tentation de lui demander s'il ne voyait pas trop grand pour des apprentis comme eux. Il ne s'attaquait pas à du menu fretin mais aux intérêts mêmes de la bourgeoisie installée, respectée, possédant de hautes relations. Pénétrer dans leurs domiciles, fouiller dans les arcanes de ces familles intouchables représentaient un camouflet inimaginable. Qui oserait perpétrer un tel affront ? Qui oserait attenter à la dignité d'un comte et de sa descendance ? Un blasphème dont ces dynasties ne se remettraient que difficilement.

— Ne sommes-nous pas en route pour le Mexique ? lança Boniface, rigolard. J'entends les vagues qui sautent la cheminée du vapeur.

— Bien joué, petit, un travail d'orfèvre. Je n'aurais pas fait mieux ! Que la chance soit avec vous, assura l'éleveur.

Adrien exultait. L'adoration qu'il portait à son aîné décupla. Enfin il lui sembla que sa vie possédait un sens, qu'il allait faire quelque chose de sa peau !

— Ensuite nous partagerons notre gain et te quitterons en te portant éternellement dans notre cœur.

Eugène hésita et parut un court instant gêné :

— Je vous livrerai un dernier secret et vous demanderai un service… Libre à vous d'accepter. Si vous refusez, je ne vous en voudrai pas.

13

La mousse trempée amortissait leurs enjambées. Ils pataugeaient dans les flaques stagnantes, s'engluaient dans la nuit. Ils remontèrent vers le nord par un tunnel de branches basses aux voûtes épineuses. A quatre pattes, ils progressèrent à tâtons.

— T'assures, p'tit frère ?

— Fonce, fonce !

Les bruits, les gémissements, les respirations résonnaient en échos profonds. Les fibres craquaient. Les racines voraces foraient l'humus et la terre végétale. Ils longèrent un labyrinthe de buis grignoté par les ronces folles.

D'imperceptibles rameaux feuillus balayaient leur dos. La forêt ténébreuse les avalait. Les troncs aux formes reptiliennes se drossaient contre une muraille de roches. Une piste forestière coupée de rigoles et d'arbres abattus les conduisit à une cahute de chasseurs.

— On attend le petit jour ici, dit Boniface.
— Nous sommes encore loin ?
— Une demi-heure de marche, pas plus.

Les yeux ronds comme des billes, ils épousaient l'attente avec un calme étonnant. Une aube laiteuse descendait du Gélas. Là-haut, il faisait déjà soleil. D'harmonieuses stries redessinaient les reliefs. Des ondulations vaporeuses frisaient les glaciers éternels. Des clochettes tintaient au loin. Les troupeaux se mettaient en marche vers les pâturages. Les garçons dominaient la vallée et les collines qu'ils avaient traversées. La Vésubie roulait d'une eau argileuse jaunâtre. Une brume éthérée folâtrait entre les buissons.

Soudain Adrien retint d'une main ferme son aîné. La lisère du bois irisée dévoila un spectacle irréel. Une biche flairait la mousse avec une nonchalance féline. Elle leva le museau, se positionna dans le sens de la brise, huma longuement les garçons et disparut lentement dans le fondu des chênes verts.

— Grandiose ! murmura Adrien.
— Les dieux nous envoient leurs anges.
— Un présage...

Berthemont-les-Bains se découpait dans l'échancrure des crêtes de Bermonnet. Ils se tapirent au cœur d'un bouquet d'aulnes, légèrement en retrait de l'accès. De là, ils prenaient en enfilade les demeures des comtes. Boniface considéra son cadet à la dérobée. Il ne pouvait empêcher une certaine inquiétude.

— Toujours prêt ?

— Plus que jamais !

— Tu n'as pas la trouille ? C'est sûr ?

Adrien le fusilla du regard.

— Tu me prends pour une mauviette !

Il se détourna, violemment contrarié. Une ride contractait le haut du front.

— Je n'ai rien dit, s'excusa Boniface.

— La prochaine fois, ferme-la ! Ou t'as confiance ou t'as pas confiance. Je ne suis pas un dégonflé. Tu ne te débarrasseras pas de moi comme ça !

— Je sais bien... soupira l'aîné.

— Arrête de me couver de la sorte !

Lentement, le visage du cadet se détendit. Sa respiration devint plus régulière. Il fixa son frère en coin, les yeux pleins de reproches et d'amertume.

— Je m'attendais à des châteaux avec des tours, des écuries gigantesques grouillant de palefreniers, des étalons, du marbre de partout. Je t'avoue que je suis un peu déçu, constata-t-il, coupant court à la dispute.

— C'est quand même cossu.

— Si tu le dis... Lourd, triste, laid, vieux. Ça pue la prétention.

— L'apparence, Adrien, l'apparence ! Ils ne vivent que pour se montrer.

Les bâtisses se ressemblaient étrangement. On aurait dit qu'Hangrain avait voulu faire concurrence à Bonjetour et réciproquement. Des bouquets de tilleuls et d'ormes masquaient des villas en granit sombre coloré de rosaces mauves. Sur les toits d'ardoise s'élevaient d'imposantes cheminées en briques rouges. Un épais manteau de lierre et de clématites vivaces folâtrait sur les façades. Un balcon central et de hautes fenêtres dominaient une verrière ronde, sorte de salon d'hiver donnant sur une terrasse et un double escalier qui plongeait sur un parc joliment agrémenté. Pins, lentisques, genévriers rouges bordaient une allée gravillonnée qui menait au portail. Pas de mur élevé, pas de piques, ni de grilles, ni de gardiens, les propriétaires se sentaient parfaitement en sécurité. Un bassin au centre d'une pelouse d'herbe rase, une volière entourée d'un dallage blanc, un kiosque de bois peint en blanc, d'étroites plates-bandes aux fleurs non écloses, une fontaine au bec de bronze épandaient un ennui mélancolique.

— Ici on a le temps de tuer un âne à coups de mouchoir, rouspéta Adrien. On approche le suicide sans le vouloir.

— S'ils ne détenaient que ce privilège, on s'en contenterait.

Une très jeune femme sortit la première de Saint-Michel. Elle parcourut les charmilles en fredonnant une mélodie à la mode. Un foulard de soie couvrait à peine ses longs cheveux noirs tombant sur les reins. Des cernes bleus agrandissaient ses yeux amande. Une robe simple, une cape à col de fourrure dessinaient la perfection de ses épaules et la finesse de sa taille. Son allure distinguée rehaussait une coquetterie particulièrement féminine. Elle déposa dans son sillage le parfum subtil des iris au printemps et frôla de ses lèvres une grappe de glycine. Boniface et Adrien eurent du mal à se détacher de cette apparition.

— Pas la vieille que nous avons vue à l'auberge, dit l'aîné, et pas une fille du village !

— Mazette, le pépère ne s'embête pas ! Il a au moins trente ans de plus qu'elle. On dirait son grand-père !

— Quand on a de la monnaie, on peut s'offrir tous ses caprices. Bientôt nous roucoulerons avec des femelles de cette qualité. Elles tomberont à nos pieds.

— De la dinde de Noël, s'extasia à nouveau Adrien. Tous les morceaux sont blancs et sans égratignures...

— Plutôt un chapon tendre et rosi à l'intérieur !

Le comte d'Hangrain s'écarta poliment de la portière et invita la beauté à s'installer. Un tour de manivelle, le moteur vrombit. La voiture s'ébranla.

L'égérie baissa la vitre et laissa le vent coiffer délicatement ses mèches.

Peu de temps après, Bonjetour et consorts empruntaient le même itinéraire, comme l'avait parfaitement noté Boniface dans ses investigations.

Les pétarades se turent et laissèrent la place aux piaillements des rossignols et des mésanges, aux froissements feutrés des petits rongeurs. Saint-Michel et Lancioures retrouvèrent une morne harmonie. Ils franchirent le muret qui séparait le potager de la demeure du comte de Bonjetour, leur premier objectif. Derrière une remise à outils, ils récapitulèrent les ultimes consignes. Adrien avait insisté pour ouvrir les hostilités. Etre le premier lui conférait la reconnaissance de son frère et le mettait sur le même pied d'égalité.

— Juste l'argent. Pas de bijoux ni d'autres objets. Tu m'as compris ? Uniquement le premier étage. Le bureau donne sur le balcon. Le soir, cette pièce reste éclairée très tard. A côté, il doit y avoir les chambres. Ne rien casser, ni forcer, ni déranger, et ne te perds pas dans les couloirs. Tu effaceras les traces de pas. On ne doit pas se douter de notre passage. Dix minutes au plus ! Si un seul danger se présente, deux coups de sifflet et tu me rejoins à la planque.

Il escalada par un angle. Les lianes du lierre, aussi grosses qu'un poignet, s'imbriquaient dans le dessin des parpaings croisés. Il n'eut aucun mal à prendre ses appuis et à s'accrocher aux persiennes. En équilibre sur la corniche, il accéda au balcon et reprit son souffle. Boniface l'observait avec régal. Sa souplesse et son agilité ne le contraignaient qu'à peu d'efforts. Avec la lame du couteau, il fit jouer le loquet des hautes baies vitrées. D'un claquement sec il le releva, le sortit de son encoche et poussa les battants.

Il découvrait un pouvoir obscur qui lui permettait de franchir toutes les limites. Nulle hésitation ne le perturbait, bien au contraire. Il était harcelé par le désir d'atteindre son but. Une chaleur intense irriguait ses veines. Le parquet ciré lui procura une sensation agréable. Il marcha sur un tapis qui couvrait la largeur de la pièce. Un imposant lustre en cristal pendait au plafond. Les scènes de chasse, les paysages maritimes, les portraits aux gueules triturées des ancêtres s'accumulaient les uns après les autres dans un ordre croissant et rigoureux.

Sur le marbre de la cheminée trônait une série de statuettes africaines aux ventres rebondis, aux bouches démesurées et charnues. Le velours fané des fauteuils, les tabourets à broderie, les tentures et les meubles apportaient une lourdeur rococo étouffante. Instinctivement, il devina que ce n'était pas le lieu où Bonjetour déclinait ses comptes. Le salon de réception n'offrait aucun intérêt. Il se transporta alors dans le couloir. Un escalier en chêne descendait vers l'entrée à damier noir et blanc où s'élevait un éléphant en ivoire. Une enfilade de portes menait aux appartements.

Le cabinet de travail démontrait l'austérité peu engageante du chef de famille. Les murs uniquement tapissés de papier ne portaient aucun tableau ni ornement superflu. Un crucifix en olivier sur socle renvoyait son squelette sur un simple bureau recouvert d'un sous-main. Un tampon buvard, un plumier, un agenda, une boîte à musique gravée d'un couple de colombes se becquetant, une photographie de son épouse et des enfants constituaient un ensemble désuet. Une chaise matelassée de cuir vert, un prie-Dieu orienté vers l'extérieur, des livres religieux et des piles de journaux portant les dates de l'armistice, empilés sur des étagères, achevaient l'ameublement. Les gamins ne doivent pas s'amuser tous les jours ! pensa Adrien. Durant quelques secondes, il prit la dimension de l'alcôve attenante à la chambre et s'imprégna de l'atmosphère confinée. « Belle fripouille, où caches-tu ton magot ? La simplicité amène à la simplicité… la crédulité à la naïveté… alors aide-moi ! Mon frère m'attend. Je suis pressé et tu peux revenir à tout instant. Ce serait trop bête… Mais si tu te ramènes, espèce de cul-bénit, je serai obligé de te travailler à la lame… toi et ta petite famille ! Je sais comment l'on pratique ! Dans mon enfance, on tuait le cochon, alors... » se répéta-t-il, mû par un instinct sanguinaire.

Il ouvrit les tiroirs, retourna des dossiers, repoussa des carnets et trouva aussitôt ce qu'il cherchait : des billets de cent francs, des louis d'or, de la menue monnaie. « Bonjetour, ne serais-tu pas une sacrée canaille, et radin sur les bords ! » Il glissa entre sa chemise et son tricot son butin, vérifia une dernière fois que tout était parfaitement en ordre, referma derrière lui. D'un bond, il sauta sur un terre-plein et rejoignit Boniface.

— Je commençais à m'affoler !

— Ce ne doit pas être un marrant, notre bonhomme !

— Allez, on file, on n'a pas la matinée.

14

Adrien s'étendit sur un tapis de fougères. Aucun obstacle ne pourrait désormais entraver ses ambitions. Une voix intérieure le poussait encore plus loin, lui offrait l'impression de passer à travers les cloisons, de devenir invisible, de violer l'intime mystère de la propriété. Il se transformait en menace abstraite, insaisissable. Le monde devenait risible. Le temps n'existait plus. Les horloges s'étaient arrêtées. La cloche de l'Assomption se fragmentait en milliers de particules de bronze. Le moment présent lui procurait une soif intarissable. Une volupté sauvage stimulait son corps et son intelligence. Une sensation inouïe déchirait les voiles de la probité. Sa certitude de vivre et d'exister grandissait. Il percevait enfin une sublime clarté sur sa route.

— Ce que j'ai éprouvé était fort, encore plus fort que la fameuse nuit où nous avons troqué les marchandises avec le Gitan. Un feu du diable ! Une sensation intense. J'étais le maître du monde ! Je pouvais agir à ma guise, sans contrainte.

— Il nous reste le père Hangrain, après nous pourrons papoter à notre aise.

Tendu vers Saint-Michel, Adrien faisait preuve d'une insolite exaltation. Boniface craignit qu'il ne s'emballe trop vite et ne néglige les précautions d'usage. Déjà dans la place, le cadet imaginait l'intérieur, s'orientait dans le vestibule, flairait l'odeur du magot, faisait fi du danger. L'aîné décida de tempérer sa fougue débordante et de conduire la manœuvre.

Ils atteignirent les communs situés au nord de la bâtisse. Le domestique d'un âge prononcé, en livrée, revêtu d'un long tablier bleu lui tombant du cou aux chevilles, astiquait casseroles, vaisselle et couverts. Absorbé par sa tâche, il frottait énergiquement les accessoires avec un chiffon doux et ne prêtait nullement attention à l'extérieur. D'ailleurs, que pouvait-il se passer de si extraordinaire dans ce quartier si ce n'est une morosité répétitive, une platitude de l'âme renouvelée journellement ?

D'un seul regard ils se comprirent. Inutile d'escalader. La porte d'entrée à l'opposé de la cuisine leur permettait discrètement de s'immiscer dans les lieux.

Une décoration plus gaie régnait dans le hall circulaire carrelé de tomettes hexagonales aux accents de briques feu. Un guéridon d'osier recouvert d'un voile rose pastel, un radassier[1] sur un tapis de corde tressée, des esquisses au fusain sur les soubassements apportaient une chatoyante modernité. Pas d'immenses peintures aux cadres poussiéreux. Des frises au pochoir en zinc, ressemblant à des dessins enfantins, ornaient les corniches du plafond. Des triangles remplissaient des ronds. Rouge, jaune, bleu, vert, à même l'enduit... Formes déliées, courbes, motifs floraux, la couleur éclatait. Des meubles rares en mélèze, taillés au couteau, des bahuts sur lesquels on retrouvait la croix en pointe de diamant de l'époque provençale Louis XIII illustraient parfaitement l'excellence et le raffinement. Ils ne purent s'empêcher d'admirer la salle à manger. Buffet à glissant, vaisselier, verrier, estagné, coutelière en noyer, aux feuilles de vigne sculptées, fluides et galbées, luisaient d'une patine de miel. La fraîcheur se lisait dans les moindres recoins. Des rideaux lavande remuaient langoureusement aux fenêtres. Des effluves légers de menthe aquatique et de gentiane voletaient sous les fines dorures et posaient le règne précieux d'une jeune déesse insouciante.

— Je ne m'attendais pas à ça, souffla Adrien.

1. Banquette paillée placée dans l'entrée ou à proximité de la cheminée, à dossier très haut, conçue pour la détente et la conversation.

Boniface marqua aussi sa surprise.

— Curieux ! Les peintures sont fraîches ! Tout a été refait à neuf. On dirait qu'on a voulu effacer les marques de la vieillerie. La jeunette doit savoir s'y prendre...

L'escalier qu'accompagnait une rampe en fer forgé suivait la courbe des murs et menait aux étages. Méthodiquement, ils explorèrent les pièces, communiquant par gestes. Commodes, armoires furent sondées avec rapidité et précision. Ces fantômes se mouvaient dans un silence absolu, déplaçaient l'air sans toucher le sol comme s'ils ressuscitaient du grenier ou de la cave et qu'ils hantaient Saint-Michel depuis l'âge des fondations.

Boniface, accroché à la poignée en bronze, stoppa sur le seuil. La chambre principale, plus vaste que les pièces précédemment visitées, était occupée. Un lit génois baroque en tubes de fer, au dossier arrondi peint en noir, siégeait dans la pénombre des volets entrecroisés. Un médaillon illustré de motifs multicolores s'étendait de barreau en barreau. Une femme grosse et chauve au visage gonflé et déformé grelottait sous une épaisse couette en plumes de poule. Ça puait l'urine malade, le trépas. La faux déjà levée allait tailler le dernier souffle, l'ultime gémissement. Sur la tablette de nuit, une série de fioles et de boîtes de médicaments. Boniface ressentit un choc dans l'estomac. Il repoussa Adrien sur le palier et referma. Les gonds ne grincèrent pas. Ses joues devinrent livides.

— Je n'avais pas prévu ça. Une grabataire moitié morte !

— La femme Hangrain ?

— En tous les cas ce n'est pas sa mère. Elle est en enfer depuis belle lurette !

— Alors l'autre, la jouvencelle ?

— Une maîtresse ou une soi-disant nièce sous sa protection ? Bizarre...

— Comme tu le dis, bizarre...

— Il se passe des choses curieuses chez ce fameux comte...

— A confesse, le curé doit se régaler...

Le reste de l'inspection ne constitua qu'une simple formalité. Le cabinet d'Hangrain ne présenta aucune difficulté et ils se servirent avec la sérénité qu'imposait la situation : un portefeuille en peau claire contenait une épaisse liasse de billets, une chemise cartonnée bouclée par un ruban en lin renfermait une série de bons anonymes au porteur. Néanmoins, ils furent étonnés de la facilité avec laquelle ils opéraient.

Lorsqu'ils quittèrent Saint-Michel, le valet sifflotait, satisfait de la brillance de l'argenterie.

La brise balayait les névés et fraîchissait le temps. La nuit bleue s'élevait au sein de lumineux sortilèges. Ils se barricadèrent dans la cabane de l'Alberet. Il leur fallut d'interminables minutes pour prononcer une seule parole. Ils se pelotonnèrent dans leur pelisse, secoués par une extrême fébrilité. De l'aube au crépuscule, ils avaient joué des personnages inconnus d'eux-mêmes.

Le chant de la calandre et du loriot, le vol saccadé des pigeons, le souffle des campagnes lointaines leur offrirent un précieux répit. Aucune honte ne les atteignit. Ils avaient sauté de l'autre côté du miroir et ne se retourneraient pas sur le passé.

— Au mois d'avril, dit Boniface, le coucou chante à fil.

Il s'étira. Adrien en fit autant. Il se passa la main dans les cheveux, se tapota les joues comme pour se réveiller et dans un souffle s'écria :

— J'ai faim !

Ils dévorèrent avec un appétit de loup la charcutaille, burent à plus soif le vin blanc d'Eugène, « un élixir que l'on déguste dans un calice ! » avait-il affirmé. Ils ne purent renoncer au sommeil qui engourdit leur cerveau et leurs membres.

Lorsqu'ils se réveillèrent, le soleil était déjà haut. Blottis dans la tiédeur de leur couche, ils n'osèrent pas remuer. Avaient-ils dormi longtemps ou quelques minutes ? Ils n'en savaient rien. Une mollesse agréable les maintenait allongés. Ils ne réfléchissaient à rien, comme s'ils avaient oublié les turpitudes de la veille mais se sentaient un peu las.

— Adrien ?

Ce dernier mit un long moment avant d'articuler.

— Suis là, répondit-il.

Le ton à peine audible démontra que le cadet avait quelque chose sur la conscience et qu'il avait besoin de se vider.

— Hier, dans le bureau de Bonjetour, j'ai eu envie de tuer. J'étais dans un tel état que si le zigue s'était présenté devant moi, je l'aurais envoyé en enfer sans aucune hésitation. Ses enfants, sa femme, la bonne... Ils y seraient aussi tous passés. A Saint-Michel j'ai éprouvé les mêmes émois. J'ai peur, Boniface. Peur de moi !

— L'excitation, frérot... Avec le temps, ça passera !

Le cadet resta dubitatif en scrutant les tuiles du cabanon. La réponse ne lui convint pas.

— Je ne me contrôlais plus. Je ne me reconnaissais plus. Un masque sombre couvrait mes yeux. J'agissais tel un fauve. Quand j'y pense, c'était à la fois terrible et bon. J'ai éprouvé un plaisir délicieux et une joie morbide. Je serrais dans mes paumes la vie et la mort. J'étais le juge qui transforme la sentence en cauchemar. J'aurais pu me troquer en un terrible assassin, Boniface, et tout faire foirer !

Soudain, il poussa un hurlement inhumain. Ses membres se mirent à trembler par saccades. Son corps tressautait comme un lièvre qu'on dépèce. Il se roula sur le sol en poussant des râles glauques. Boniface lui vida le contenu de la gourde sur la figure et le maintint plaqué au sol. Lentement son hystérie se calma et il retrouva péniblement ses esprits.

— Que s'est-il passé ?

— Un cauchemar tout bête...

— Pas un cauchemar ! bafouilla-t-il.

Boniface imagina les conséquences. Les murs de Lancioures et de Saint-Michel couverts de sang. Adrien debout, le couteau entre les mains, errant au milieu des corps agonisants. Les gémissements éplorés d'une mère devant ses gamins trucidés... La jeune femme en robe blanche se vidant de son sang. L'épouvante emplissait la demeure. Une abominable boucherie ! Il tenta de trouver une justification rationnelle à ces aveux.

— On ne peut pas toujours se contrôler. Prends exemple sur le Gitan. Il a dû en laisser, des plumes ! Ça ne l'empêche pas de vivre.

— Je te jure que j'aurais agi ainsi.

— Maintenant, oublie. L'argent ne se trouve pas sous la rocaille ou dans les sillons du labour, tu le sais bien. Nous reprenons ce qui nous appartient. Ne nous apitoyons pas sur le sort de ces gens-là. Ils ont asservi nos parents et nos grands-parents. Ils les ont avilis, dépouillés, remisés au rang de serfs ! S'ils roulent aujourd'hui en limousine, c'est qu'ils n'ont jamais eu de pitié ni de compassion pour nous autres, simples paysans. Ce n'est pas une vengeance, Adrien. C'est la justice, notre justice ! Nous avons choisi notre camp. Personne ne nous y obligeait.

— T'as certainement raison, mais ces sensations... Je souhaitais presque qu'ils débarquent !

— Tu crois que je n'y ai pas pensé ? Si quelqu'un nous avait surpris, que se serait-il passé ? Comment aurais-je agi pour te protéger et me protéger ? Cela fait partie du contrat.

Ils dominaient les toits de Castel Vieil depuis les ruines d'une chapelle. Le corps de ferme entourait une cour pavée qui se refermait par une imposante arche. Du portail ouvert, un paysan, outils sur l'épaule, suivait la cadence sans hâte d'un âne. Il s'enfonça dans les champs qui bordaient le torrent. Un calme retenu commandait. La tension accumulée les jours précédents défaisait ses nœuds. Ils reprenaient contact avec ce qu'ils étaient vraiment, désiraient un apaisement rassérénant. Ils s'évadaient vers les crêtes de Cerise, la cime de Piagu, les rochers du Gélas... S'envoler et regarder de haut le Mercantour ! Un jardin religieusement fécondé ! Le jardin de leur enfance.

Ils rampèrent dans la gadoue, se rapprochant d'un point de guet propice. Mais leurs esprits divaguaient vers des songes merveilleux et les éloignaient de leur but.

— Tu as donc ressenti le même vertige ? reprit Adrien qui ne démordait pas de son obsession.

— Je te le jure.

— Ce terrible goût de sang qui envahit la bouche ?

— Un terrible goût de sang qui envahit la bouche, répéta Boniface. J'avais beau cracher, il persistait sous ma langue.

Adrien semblait ailleurs, au-delà de Castel Vieil. Ses lèvres remuèrent. Ses yeux s'embrouillèrent. Un immense bateau blanc l'attendait. Trois coups de sirène, les marins jetèrent les amarres dans le port. Les passagers agitèrent des mouchoirs blancs. Boniface à ses côtés regardait l'horizon. La brise marine léchait leurs fronts. Le sel se collait aux lèvres. Une longue mélancolie crénelait les vagues. Les goélands tournoyaient sur la proue.

15

Les brûlots s'évaporaient par nappes. Les fumées évanescentes troublaient l'azur. Les champs parfaitement ordonnés dans une logique ancestrale se ressemblaient. Pas une once n'était en friche. Ils eurent la fringale et grignotèrent des mûres vertes. Les bruits étaient rassurants. Les plaines étroites fourmillaient d'hommes et de femmes dont les chants se mêlaient au bouillonnement de la Vésubie. Les corneilles montaient des blés ondulant par vagues serrées. Chaque perspective correspondait à l'image dépouillée d'un ordre bien réglé que l'on ne peut perturber. Les Alpes veillaient sur leur immensité. Un liseré argenté soulignait les bombements caillouteux du Gélas et le cirque des Fenestres. Boniface agita violemment sa tête dans tous les sens.

— On devient des chiffes molles. On roupille et ce n'est pas le moment.

Adrien sortit de ses brumes.

— Je n'ai jamais été aussi bien. Nous étions loin... Un calme formidable, une douce musique me berçait...

Et il désigna un point à l'ouest.

— Là-bas !

— Bientôt, tous les rêves nous seront permis, mais ce n'est pas une raison pour négliger nos affaires.

Ils observaient les allées et venues de Castel Vieil. Boniface sentit Adrien fragilisé, éprouvé par une confusion certaine. Il lui parla, reparla, lui remettant les idées en place. Il le savait capable d'encaisser la violence des événements, mais l'émotion le débordait. Il se devait de le guider et de lui éviter les erreurs fatales.

— Si tu tombes, je tombe aussi. Alors ressaisis-toi ! Nous ne pouvons pas fléchir maintenant. Nous allons gagner ! Ce que nous accomplissons, ce n'est pas par ambition, mais le seul moyen de nous en sortir. Que les chacals me bouffent le foie si je me trompe !

Boniface avait évalué tous les pièges, tiré les conséquences, soupesé les différentes éventualités, même la plus saugrenue : celle des gendarmes leur tombant sur le râble et les mettant aux fers. Quelle honte pour la famille Vitali ! Quel affront pour eux alors que tous les Vésubiens les croyaient au Mexique ! L'opprobre jamais ne s'effacerait des mémoires et se narrerait place Saint-Jean, chez Alberte ou à l'Amicale de Saint-Martin dans de gigantesques galéjades. « Le bateau n'est donc pas parti ! Ils ont fait naufrage ! Pour un voyage, c'est un voyage ! Ils ont si vite disparu qu'ils sont déjà de retour ! » Le Gitan les considérerait comme de véritables amateurs, des minables et glavioterait son mépris.

Peu avant le déjeuner, le landau astiqué fut conduit par un garçon d'écurie devant le perron de Castel Vieil. Madame de Casserta chargea des paniers de victuailles, recouverts de serviettes blanches. Le comte, costume en velours vert côtelé, un foulard à carreaux noué autour du cou, les bottes rutilantes, les mains sur les hanches serrant une badine en osier, admira les bâtiments tel un matador jaugeant un taureau de combat. Il se frisa une moustache roussie par le tabac vers le haut, preuve d'une autorité indiscutable. Puis il fit le tour des box, tapotant amicalement le poitrail et la crinière des étalons, tâtant savamment le ventre pansu des juments. Il leur murmura des compliments et, de sa poche, sortit pour chacun d'eux des sucreries.

— Ça, c'est un noble, un fier-à-bras, rumina Adrien.

— Il possède une réputation de bonté et de générosité. Il est aimé de ses métayers, leur octroie une demi-journée de vacances et scolarise leurs enfants à Roquebillière.

— Un bienfaiteur, en sorte !

— Je n'irai pas jusque-là. Il fait partie de la race des comtes. Peut-être, avant de mourir, il tente de se racheter pour être accueilli à la droite du bon Dieu.

Le comte de Casserta alluma un toscan et sauta sur le siège du cocher. Madame étala sa robe sur la banquette et se protégea du soleil avec une ombrelle. Un large coup de fouet fendit l'air. Le cheval tira sur le licol. L'équipage s'ébranla. La cuisinière et l'homme à tout faire partirent aussitôt après, les bras chargés de couffins vides vers le village.

— Deux de moins !

— En reste-t-il encore... râla Adrien.

A leur grand désarroi, la cour ne désemplit pas, bien au contraire. Des ouvriers rentraient dans les remises, ressortaient avec des brouettées de fumier, revenaient avec des bottes de foin afin de préparer la litière, d'autres assis sur la margelle du puits se reposaient, reprenaient ensuite leur tâche... Une activité incessante animait le Castel Vieil.

— Heureusement que tu as tout prévu ! se moqua Adrien.

Boniface haussa les épaules. Soudain, le lourd chariot de Ribéri, le maréchal-ferrant itinérant, franchit l'arche et ébranla les pavés. Une immense stupeur les cloua à leur poste.

— Pour un plan, c'est un fameux plan ! titilla le cadet.

Il serra les dents pour ne pas éclater de rire. Boniface se fit plus petit qu'une limace.

— Pourtant...

— Ce coup, je ne le sens vraiment pas !

— On est faits comme un bouc en manque de chèvres.

Le garçon d'écurie sortit les chevaux un par un et les attacha aux anneaux fixés dans la pierre. Alphonse Ribéri enfila un tablier de cuir, installa l'enclume et la forge. Il versa de l'alcool à brûler et alluma. Une flamme jaune orangé jaillit. L'aide tournait la manivelle d'une meule à soufflet afin d'attiser le charbon de bois et de rendre le magma en fusion. Il maintint, avec le tord-nez et les morailles, les naseaux de l'animal rétif et, à l'aide de l'émouchoir [1], chassa les taons. Des éclairs dorés luisaient sur les alezans. Les entiers piaffaient, renâclaient. Alphonse ôtait avec le boutoir et le rogne-pied la corne usée et posait ensuite le fer rougi sur le sabot ainsi préparé. Des coups assurés de mailloche et des clous neufs remplacèrent les usagés. Une ultime vérification, la bête était ainsi prête.

1. Queue de cheval au bout d'un manche.

Pour donner une coquetterie particulière au destrier, il vérifia la denture, peigna la queue, coiffa la crinière et l'égalisa au ciseau à tondre.

Une heure sonna au clocher. L'effervescence de Castel Vieil cessa. Les employés regagnèrent la tonnelle, tombèrent la veste et cassèrent la croûte sur le pouce : cébettes, olives, brous, tomates, et vin rouge. Ils furent rejoints par des jardiniers qui raclèrent leurs godillots sur une barre afin d'enlever la terre collante. Ils bavardaient fort, se curaient les ongles avec l'opinel, se mouchaient avec les doigts. De temps à autre ils désignaient une grange ou une remise, s'expliquaient à grand renfort de gestes. Certains repliaient le bras sous le front et en profitaient pour piquer un roupillon. Les vieux fumaient la pipe.

Boniface et Adrien se sentirent prisonniers de leur propre jeu. L'attente interminable usait leurs nerfs. Ils s'abaissèrent derrière les murets de la chapelle. Il n'était plus question d'observer le va-et-vient du domaine.

— C'est le pompon ! grinça Boniface.

— Surtout que Casserta peut revenir à tout moment.

— Après tout, il faut savoir perdre et ne pas se faire cravater...

Ils se replièrent au cabanon de l'Alberet, effaçant toute trace du campement. Ils devaient se résoudre à ne pas tenter l'impossible et réfréner leur témérité. Lorsque la nuit noire enveloppa le canton, Adrien sortit de sa musette un gilet rayé et deux lettres cachetées, l'une reçue par le comte d'Hangrain, la seconde par le morose Bonjetour.

— T'es dingue ! lâcha Boniface.

— Aux grands maux les grands remèdes ! Lorsque l'on retrouvera les effets du larbin et les missives, les conclusions seront évidentes. La maréchaussée désignera le coupable. Et nous serons peinards.

— On accusera un innocent !

— Mon cher, il n'avait qu'à surveiller sa satanée maison. Il est payé pour ça !

Aucun reproche ne vint à l'esprit de Boniface. Décidément, Adrien avait repris du poil de la bête et ne se laissait pas abattre. L'orgueil le rendait redoutable.

— Tu m'as appris que l'on n'était jamais assez prudent et qu'il fallait protéger nos arrières.

— Allez, on décampe ! J'ai envie d'une soupe bien chaude et d'un bon matelas, lança Boniface pour couper court à la conversation.

Ils évitèrent les sentes forestières et les habitations. Derrière les volets, il réside toujours un somnambule qui espionne les ténèbres. Les pignes explosaient sous leurs semelles. Ils tracèrent droit, longèrent les premières demeures et l'allée de platanes qui traversait Saint-Martin-Vésubie. L'eau limpide des fontaines et des rigoles comblait les venelles sombres. Parfois, dans un élan identique, ils évoquaient la fougueuse diablesse qui accompagnait le comte d'Hangrain, son nez si parfait, son visage merveilleux, le maquillage léger qui allongeait ses traits, ces mains qui incendieraient leur jeunesse, les hanches remuant lascivement, les seins délicats fermes comme des pommes reinettes, cette bouche trop rose… Une gourmandise qui valait de délicates sollicitations.

— Je sais ce qui te travaille, rigola Boniface.

— Gros malin, cette fille est un don de Dieu. Je n'ai jamais vu une pareille splendeur.

— Une mante religieuse, plutôt, qui te suce le sang et te bouffe sans que tu t'en aperçoives ! Lorsqu'elle choisit un galant, celui-ci doit se résigner à souffrir.

— Une princesse tout de même ! Elle donnerait envie de retourner à Saint-Michel !

— Ne t'avise pas à ce genre de stupidité !

Une faible lueur clignotait par les embrasures de la ferme. Leurs cœurs battirent de joie.

Eugène embrassa longuement les garçons. Enfin ils pouvaient respirer à leur aise.

— Vous avez réussi ? murmura-t-il.

— Mezzo-mezzo… souffla Boniface.

Il sortit une bouteille bouchée à la cire. Une bonne fatigue les envahit progressivement. Une marmite en fonte roucoulait sur la plaque. Ils se laissèrent envoûter par un fumet de saucisse, de thym et d'ail. L'éleveur avait préparé la table. Ils s'installèrent sur les bancs, chacun à leur place, et apprécièrent de tout leur saoul cette unique quiétude. Il remplit les assiettes d'une grosse louche de lentilles. Ils nouèrent les serviettes autour du cou et se goinfrèrent comme si c'était un gigantesque banquet. Eugène respecta ce mutisme qui leur appartenait. L'instant des secrets commençait. Il scruta leurs réactions au travers de ses sourcils plissés. Le silence en disait plus long que n'importe quel discours. Il siffla Garibaldi qui se coucha sur ses pieds.

Boniface s'approcha de la fenêtre et crut que l'aube s'éveillait, mais non, la lune déposait sa faible clarté sur les versants sud. La voûte céleste frémissait. Les étoiles se fanaient.

16

L'échéance approchait à grands pas. Ils avaient été au bout de leur logique, touchaient enfin du doigt leurs rêves et décomptaient les jours qui les séparaient du départ. Les interminables errances s'achevaient bel et bien.

Ils descendraient la route qui longe la Vésubie, mène à la Méditerranée puis à l'Océan et ouvriraient la barrière d'un pays magique où le printemps est éternel. Les oranges, les figues et les grenades parfumeraient l'atmosphère. Le soleil se coucherait sur la poussière d'un désert ocre. Devant les maisons de briques, grèges le jour, roses la nuit, les femmes et les hommes vêtus de blanc les salueraient avec des égards conformes à leur rang.

Ils inventorièrent enfin le pactole tout en narrant leurs péripéties. L'ambiance chaleureuse et décontractée permettait de drôles de confidences.

— Bonjetour nous a rapporté quinze mille francs !

— Macabre, triste, austère, bouffé par des bêtes à bondieuserie, dit Adrien qui ne se gêna pas pour faire des commentaires acides sur les diverses visites.

— Hangrain, vingt-cinq mille, annonça son frère en étalant les billets sur la toile cirée.

— Ce beau monsieur batifole pendant qu'une vieille loque crève au premier étage !

— Quant à Casserta, hélas, nous avons dû renoncer. Trop dangereux et pas assez préparé, expliqua Boniface.

— La sagesse... Je m'en doutais mais je ne vous ai rien dit pour ne pas vous contrarier. Castel Vieil est une forteresse imprenable.

— Donc, divisé en trois parts, cela fait...

Eugène s'offusqua et, comme lors de la vente au Gitan, repoussa la pile de billets.

— Vous en aurez plus besoin que moi !

Boniface sut qu'il était inutile d'insister. Lorsque Adrien aborda le dossier des bons anonymes, Eugène parut fortement intéressé. Il siffla de contentement, examina attentivement les documents, les consulta par transparence, passa l'index sur le tampon et la signature.

— Tout à fait normaux. Rien à ajouter. Par contre, si vous n'y voyez aucun inconvénient, je les garde, car si vous vous pointez à une banque on risque de vous poser quelques questions impertinentes sur leur provenance. Votre jeunesse sera la pire de vos ennemies !

La merveilleuse apparition de Saint-Michel n'échappa pas à la conversation. Adrien, transporté par un étourdissement lyrique, vanta la splendeur de la jeune fille. Il demeura intarissable, multiplia les éloges. Il entraîna ses complices interloqués dans un soliloque voluptueux.

— Tu sors de l'œuf ? As-tu vu la Vierge de l'Assomption ou bien un aigle qui boit du petit-lait ? plaisanta Eugène.

— Je te le jure. Elle est comme les saintes qui se reflètent dans les vitraux, devant lesquelles on se met à genoux et à qui l'on adresse toutes nos prières.

Emporté par une euphorie fascinante, il éveillait le désir et la passion. Une lumière particulière brillait dans ses yeux. Ses égarements juvéniles égayèrent la maison. Le cadet avait balayé ses sautes d'humeur. Ils ne l'interrompirent pas, se régalant de ce lyrisme spontané.

— L'as-tu déjà vue ? Rencontrée ? T'en a-t-on parlé ? Sais-tu qui elle est ?

— Là, tu m'en demandes un peu trop. Je ne suis pas devin, juste Baille des Clos ! Je ne fréquente pas la haute société, ne connais que le nom de mes biquettes, de mes vaches, de mes mules, et elles n'ont jamais été invitées à brouter le gazon des domaines de Berthemont... Les nappes en dentelles et les verres en cristal, trop peu pour ma trogne ! Allez, petit, remets-toi, tu en verras d'autres... Les amazones, au Mexique, ça grouille !

— Pas comme celle-là !

Eugène prit à part Boniface.

— T'as intérêt à l'attacher aux barreaux du plumard, car j'ai la vague impression qu'il peut commettre une connerie monstrueuse. Il doit redescendre sur terre. Fais-le penser à autre chose. Parle-lui par exemple de votre voyage, des préparatifs, du cousin Arnaud devant lequel il ne faudra pas se louper...

Boniface revint à des préoccupations plus sérieuses.

— Nous t'avons fait une promesse. Nous ne savons pas de quoi il s'agit, mais nous n'avons qu'une seule parole. Nous te devons bien cela !

Le paysan apprécia la fidélité de ses amis.

Le père d'Eugène Baille avait un frère, Horace, qui, très jeune, bien avant le début du siècle, quitta les Clos et s'installa à Mollières. Malgré que ce pays soit italien, il n'eut pas la présence d'esprit de se faire naturaliser. Après tout, il résidait chez lui dans le Mercantour. Il y rencontra sa future épouse, une Giuge de la vallée de Pierre-Blanche, une dynastie de gardes-chasse et gardes champêtres du roi d'Italie. Les versants nord, surtout du côté du

Tourtet, pullulaient de compagnies de coqs de bruyère, de perdrix, de bartavelles et de chamois. Les Giuge assuraient aussi la protection des espaces de fraises, de framboises et de myrtilles, caprices des princes de Turin. Tout naturellement, Horace prit le grade. Un fils naquit, Mario, qui à sa maturité endossa, après serment, la fonction. Il se maria avec une cousine germaine et eut une fille. Tout allait bien dans le meilleur des mondes jusqu'au jour de la déclaration de la Grande Guerre. Les troupes alpines enrôlèrent de force les jeunes pour les envoyer au massacre en Adige. Lors des rares permissions accordées, la plupart désertèrent de leur unité et gardèrent armes et munitions.

Mario et Horace échappèrent à la mobilisation. Ils s'enfuirent à la vacherie de Salèse et se cachèrent plusieurs semaines. Les habitants du patelin les ravitaillèrent. A cette époque, le vieux comte d'Hangrain employait un berger, un adolescent boutonneux de Saint-Martin-Vésubie qui n'était autre que le cousin d'Antoine Vitali : Casimir Maïssa. Lorsqu'il découvrit la supercherie, il n'eut aucune hésitation et dénonça les rebelles aux douaniers. Arrêtés, ils furent livrés à l'armée italienne et fusillés le lendemain même sur le motif d'espionnage. Aucun procès, aucune clémence, malgré leur statut de gardes des chasses royales. Des frontaliers qui désertent, cela ne se pardonne pas ! En récompense, le Casimir se vit offrir une partie des terres de Salèse et la ferme du Villars.

— Je n'ai jamais pu oublier cette horreur. Lorsque j'aperçois Maïssa au village, je me retiens de lui faire la peau. Je ne sais pas ce qui m'en empêche. En plus, lorsqu'il me croise, cette estrasse me regarde de haut et me nargue. Lors des transhumances, j'ai eu envie de grimper aux vacheries et de lui régler une fois pour toutes son compte, mais je n'y suis jamais arrivé. Combien de fois je l'ai eu dans la ligne de mire de mon fusil ! Mes doigts ne répondaient pas. Suis-je trop lâche ? Voilà ma désespérante histoire ! Casimir Maïssa doit payer son crime et a besoin d'une bonne leçon. Il ne peut mourir dans des draps tachés du sang de mon oncle et de son fils. Ce serait injuste !

— La fille ? demanda Boniface.

— Sa mère a eu peur des représailles et s'est enfuie. Je ne sais pas ce qu'elles sont devenues. Peut-être sont-elles passées par la Lombarde ou le col de la Merciera, au Piémont ?

— Tu ne les as pas cherchées ?

— Si, mais dans la montagne on se tait ! Chacun s'occupe de ses affaires et on ne prononce jamais certains patronymes. On n'a rien vu, rien entendu, on garde enfouies au fond de soi les rancœurs et les vengeances.

Le comte Albert d'Hangrain eut un mouvement de recul. Un froid lui parcourut les aisselles. Les sourcils froncés, il palpa l'étui tristement vide. Il tâta les moindres recoins, souleva les dossiers, ne trouva pas ce qu'il cherchait. Il insista, recommença, inventoria le meuble. Il resta un long moment flottant au milieu de la pièce, se remémora ses moindres gestes, calcula où il avait pu égarer par inadvertance sa bourse. Nice... la place Masséna... un thé avec Eloïse au salon Vogade... la Banque Agricole... le départ... le parcours en automobile jusqu'à Berthemont-les-Bains, un arrêt à Lantosque... Joseph range les valises et les malles... Je prends des nouvelles de mon épouse alitée... Le bureau, je pose la mallette sur la chaise, sors les documents, les range par ordre d'urgence, le portefeuille ici, et je repose le cartable près de la cheminée...

Il n'y comprenait plus rien. Son argent devait se trouver à sa place, comme il y avait toujours été ! Aucune autre possibilité ne lui vint à l'esprit. Il lui sembla qu'il devenait dingue. Il était parfaitement sûr de ce qu'il avait accompli. Sa méticulosité ne lui avait jamais joué aucun tour. Il s'attaqua à la bibliothèque, chamboula les rayonnages un par un, feuilleta les livres, renversa les placards, le secrétaire, les étagères.

— Pas possible, jura-il. Pas possible, je l'avais bien rangé dans le tiroir du milieu ! Le portefeuille est là, bien là, mais où sont les billets ? Trente mille francs ! Depuis le début du séjour, j'en ai dépensé cinq, donc il doit rester au bas mot vingt-cinq coupures ! Cela fait une certaine épaisseur !

A moins que... Mais non, il n'y a aucune raison. Hier ils y étaient encore !

Il propulsa les tiroirs par terre et fouilla précipitamment les papiers.

— J'aurais dû fermer à clef ! Je savais bien qu'un jour ma confiance me jouerait des tours !

Il refusa la probabilité d'un rôdeur. Qui se permettrait de franchir le seuil de Saint-Michel ? Seul un intime pouvait savoir que les liquidités se trouvaient en ce lieu. Lorsqu'il ouvrit le document exsangue des bons anonymes, il chancela. Un hurlement d'impuissance transperça les cloisons et fit trembler les vitrages.

— Une véritable catastrophe ! Moi, le comte Albert d'Hangrain, on m'a volé, assassiné ! gémit-il dans des hoquets de fureur.

Le quotidien lui vint aussitôt à l'esprit. Il devait assumer les frais médicaux de sa femme, les cures, les eaux tous les matins, les infirmiers, le transport... Et cet épouvantail tardait à trépasser, l'empêchant ainsi de vivre sa passion ! Il se refusa à restreindre son train de vie. Les frivolités, les voyages, les caprices de sa protégée si gaie, qui le comblait d'une insouciance légère... Avec elle, il retrouvait ses élans d'antan, oubliait les soucis, les misères morales. Elle lui apportait des bulles d'oxygène. Imaginer un seul instant Saint-Michel vide de sa présence, de ses rires, de son insouciance n'était pas envisageable !

Il revint à des choses plus banales : le salaire du domestique, des fermiers, l'entretien de la demeure, les diverses réceptions et invitations, les dépenses quotidiennes du séjour, les dons aux œuvres caritatives... Il était le comte et devait prouver sa générosité. Une tradition séculaire des Hangrain.

— Qui peut oser s'attaquer à ma personne et à mes biens ? Quel est le lâche, le gibier de potence, la vermine qui s'est permis de souiller mon blason ? Le bagne, c'est tout ce qu'il mérite, ou la guillotine en place publique ! Il crèvera comme un rat immonde. Et c'est encore lui faire trop d'honneur.

Eloïse accourut et trouva le comte, la veste et le col de la chemise grand ouverts, avachi sur le fauteuil, la tête dans les mains, secoué par des spasmes nerveux.

— Mon ami, que se passe-t-il ?

Il souffla de désespoir. Sa fierté vacillait de son piédestal.

— Si vous saviez, ma chère... Si vous saviez... répétait-il dans un trouble persistant et incontrôlé.

— Etes-vous souffrant ? Dois-je appeler un médecin ?

— Un charlatan ne me guérira pas ! Terrible, mon Eloïse, terrible ! Jamais je n'aurais pu imaginer que cela soit possible ! Dans quel monde vivons-nous, expliquez-le-moi.

Il passa la nuit debout à tourner dans la demeure. Eloïse le pria vainement de s'aliter. Elle l'entendit marcher, descendre les escaliers, remonter, réfléchir à haute voix. Il tenta de surmonter son affliction en achevant une bouteille de cognac.

Dès le lendemain matin, il inspecta Saint-Michel des caves aux greniers, du cellier à la buanderie, des cuisines au saloir, des remises aux écuries. Il se rendit dans les abris du domaine et vérifia les affûts de chasse. Pas un meuble, ni un bijou, ni une statue, ni un tableau de valeur n'avait été subtilisé. Il ne pouvait écarter aucune hypothèse. Il repoussa de ses pensées sa douce maîtresse. Son innocence la mettait au-dessus de soupçons sordides. La douairière ? Elle ne pouvait plus marcher sans qu'on la soutienne ! Que ferait-elle de cette fortune ? Le seul occupant présent au domaine alors qu'ils étaient à la messe puis au restaurant était Joseph, parfaitement au courant de ses habitudes. Sa fidélité demeurait sans faille et le serviteur d'un âge certain n'oserait quand même pas détrousser ses patrons !

Quel individu savait qu'ils s'absentaient le dimanche pour la grand-messe ? Comment pouvait-on deviner l'existence d'une telle somme dans le tiroir central du bureau ?

— Mon bon ami, confiez-vous à moi, uniquement à moi ! lui glissa Eloïse, boudeuse, en déposant un baiser sur son front.

— Laissez-moi seul, Eloïse…

17

Albert d'Hangrain en revenait toujours au même point : aucune personne étrangère n'avait pu pénétrer en son absence chez lui. Les certitudes se forgèrent malgré certaines réticences. Tout homme peut faillir et commettre l'irréparable. Mais quel intérêt aurait eu Joseph, né à Berthemont, résidant depuis son enfance à Saint-Michel, à trahir en quelque sorte sa famille d'adoption ? L'accuser d'une telle malversation lui sembla mal à propos. Pourtant...

Alors le comte l'observa, tenta de le surprendre, se cacha dans les couloirs à la nuit tombée pour le confondre s'il quittait furtivement l'appartement du dernier étage. Aurait-il bénéficié de l'aide d'un complice ? Attendait-il le moment propice pour disparaître ? Les valeurs étaient-elles enfouies dans un improbable recoin ? Il est vrai que le bougre connaissait mieux que quiconque les méandres du domaine. Comment prouver son innocence ou sa cupabilité sans éveiller ses soupçons ?

Les humeurs et les attitudes frustes d'Albert froissèrent Eloïse. Il prêtait moins d'attention à ses coquetteries, ne partageait que rarement ses repas. Ses confidences étaient évasives et les compliments rares. Elle se sentit peu à peu étrangère à cette maison, vouée à un rôle de potiche. L'ennui la gagna. Elle désira faire ses valises et partir. Le comte l'en empêcha, la supplia. Il avait les larmes aux yeux, un air de chien battu, la mine des gens résignés.

— Parlez, bon sang ! Je ne suis pas insensible à votre douleur.

— Ce sont des affaires que je dois traiter tout seul.

— Me prenez-vous pour une de ces idiotes du village ? s'offusqua-t-elle.

— J'ai tellement peur de vous perdre !

Sa prestance de prince séducteur se craquelait de toutes parts. Sa superbe maîtrise, ses manières remisées derrière une piètre humilité, il ressemblait à un être commun sans aucun attrait. Le vernis s'écaillait. Elle découvrait un visage trop ridé, qui cachait de petits yeux translucides, des pommettes qui retenaient une peau boursouflée par la bonne chère et les alcools, des traits disgracieux tirant jusqu'à des oreilles de marcassin, une calvitie naissante... Elle ressentit un relent de lassitude face à un vieillard tremblotant.

— Je ne suis pas une poupée de porcelaine que l'on couve dans une boîte dorée et que l'on démantibule à sa guise, monsieur ! Ressaisissez-vous, je ressens une grande déception. Vous m'avez habituée à d'autres égards.

Il resta interdit devant la réponse cinglante d'Eloïse. Elle tourna les talons, le laissant pantois au salon. Désormais, elle savait qu'elle tirait savamment les fils d'un écheveau. Il était à ses pieds, esclave de ses prétentions. Elle eut un sourire provocateur, sortit s'aérer dans le parc en chantonnant :

> *« Adieu vieux rossignol*
> *Que sais-tu de moi ?*
> *Adieu vieux rossignol*
> *Te pâmeras-tu loin de moi ?*
> *Adieu vieux rossignol*
> *La jeunesse n'a qu'un temps... »*

La vérité lui sembla évidente. Une seule personne pouvait entrer et sortir à sa guise le jour ou la nuit, une seule connaissait les rituels de Saint-Michel. Mais aucune preuve ne permettait d'accuser le domestique. Soit Joseph faisait montre d'un machiavélisme extraordinaire, soit il était totalement hors de cause. Albert d'Hangrain ressassait le pour et le contre, soupesait l'éventualité que le serviteur ait pu commettre un tel délit et le trahir d'une façon aussi ignoble.

Joseph tirait discrètement sur le bas de sa veste et lissait le tissu, un tic exigé par la profession. Parfaitement rasé et coiffé, il se soumettait aux ordres. Silencieusement tournant autour de lui, Albert d'Hangrain l'examina sous toutes les coutures. Joseph essuya son front avec un mouchoir à carreaux. Sa bouche s'asséchа. Il redoutait ces séances pénibles où les critiques pleuvaient, où il devait baisser le cou en victime expiatoire, se repentant d'éventuelles erreurs. Le comte avait le chic pour soulever les défauts afin d'asseoir son prestige, cela toujours en présence de Mademoiselle Eloïse ou d'autres invités. Pourtant la maison était tenue même en l'absence de ses occupants. Joseph ne dérogeait jamais aux souhaits du maître.

Le comte remarqua qu'un malaise étrange minait le valet. Il prit un malin plaisir à faire durer l'attente. Il s'installa dans le fauteuil, joua avec la chemise vide des bons anonymes et étala bien en vue sur le sous-main le portefeuille. Joseph, habitué aux sarcasmes du nobliau, fixa un point sur la tapisserie et ne le quitta point. Il se créa un petit monde dans lequel il s'évada. Les minutes s'écoulaient ainsi plus vite et ses jambes qui gonflaient le faisaient moins souffrir. Il calcula les heures perdues : le déjeuner qui ne serait pas prêt, les chambres à nettoyer, le ménage dans le hall d'entrée, le jardin à arroser, les bouquets de roses à changer… La liste lui parut soudainement très longue. Les caprices du prince lui ôtaient un temps précieux et les tâches s'accumulaient.

Albert d'Hangrain repoussa brutalement le siège. Les pieds crissèrent. Le domestique remarqua les longues rayures sur les tomettes cirées.

— Depuis quand êtes-vous à Saint-Michel ?

Le factotum bredouilla :

— Depuis toujours, Monsieur. Mon père était déjà au service de vos parents. J'ai eu l'honneur de poursuivre son service et je pense vous donner satisfaction.

— Cette place vous convient-elle ?

— Je n'ai jamais connu autre emploi que celui offert par Monsieur. Je ne me plains pas.

— Vos émoluments vous conviennent-ils ?

— Largement, Monsieur, largement. Je ne sors pas et me contente de ce que j'ai !

L'idée d'être remercié le traversa brutalement. Son temps était peut-être révolu. Un certain dépit le gagna. Pourtant il accomplissait son labeur avec excellence. Il aimait ce domaine et n'envisageait pas de s'éloigner de ces terres. Son existence se résumait à ces murs qu'il n'avait jamais quittés, sauf pour se rendre à Saint-Martin-Vésubie les jours de foire ou de grand marché.

— Monsieur n'est-il plus satisfait de ma personne ?

— Jusqu'à présent, je n'ai rien eu à redire, mais... voilà, il y a un mais ! Joseph, la confiance est-elle sacrée ?

— Oui, Monsieur.

— Croyez-vous en Dieu ?

— Comme tout le monde.

— Vous n'allez jamais à la messe et vous ne vous confessez pas !

— Je n'en ai pas la possibilité, il y a trop d'occupations à Saint-Michel et je ne peux m'absenter.

— Dimanche dernier, alors que nous assistions à l'office et ensuite que nous dînions avec Guillaume Bonjetour, étiez-vous à Saint-Michel ?

— Je ne déserte jamais mon poste ! répondit Joseph offusqué.

— Que faisiez-vous ?

— Comme tous les dimanches, je m'occupais de l'argenterie et des cuivres.

— Rien ne vous a paru bizarre ?

Joseph plissa le front et se tint sur ses gardes. Qu'est-ce que le maître allait donc lui sortir ?

— Etiez-vous seul ? énonça-t-il.

— J'étais dans les communs.

— Vous n'avez entendu aucun bruit, ni dans le parc, ni dans l'entrée, ni à l'étage ?

— A part Madame qui repose dans sa chambre…

— En êtes-vous sûr ?

Joseph devint aussi blanc qu'un suaire.

— Je crois, bafouilla-t-il.

— Donc, si quelqu'un pénètre en ces lieux, vous êtes incapable d'intervenir et de m'en informer. Je trouve votre réponse un peu légère !

Le flot de questions ininterrompues et sournoises déstabilisa Joseph qui n'y comprenait plus rien. Le malheureux n'arrivait pas à répondre, s'enlisait dans des supputations qui allaient au-delà de son pauvre raisonnement. Il se sentit soudain punissable de faits qu'il n'avait point commis. La misère de l'univers lui tombait sur la nuque. Il désira que l'interrogatoire s'abrège. La force lui manquait et il ne pouvait supporter de tels assauts. Le ton d'Hangrain devint cassant, humiliant. Une sorte de haine dégoulinait de ses lèvres.

— Puis-je m'asseoir ? demanda-t-il dans un sursaut surhumain. Je ne tiens plus debout.

— Hors de question, monsieur ! Ici seuls les gens honnêtes prennent leurs aises !

Cette réprimande le cingla. Une gifle ou un coup de fouet en pleine figure auraient été plus doux. Il s'appuya contre la tablette de la cheminée. Des gouttes de sueur mouillèrent ses tempes. Ses épaules s'affaissèrent. Il devint terne, jaune, comme si sa chair n'avait plus de sang. De longs sillons creusèrent son visage. Il se mordit les lèvres pour se réveiller de cette lente hallucination.

— Une dernière fois, Joseph, étiez-vous seul ?

— Je vous le jure sur la tête de...

Il suspendit avec stupeur sa supplique et réalisa soudain qu'il était sans parents, sans personne pour le défendre ni lui tendre la main.

— Sur la couronne de la Vierge de l'Assomption, acheva-t-il. Celle de Saint-Martin !

— Jurer sur une sainte ! Vous ne possédez aucune retenue ! Vous blasphémez à présent ! Mais de quoi êtes-vous donc fait ? Moi qui vous ai hébergé, nourri, qui vous ai confié les clefs de ma demeure, qui ne vous ai caché aucun secret, qui ai partagé avec vous les joies et les peines de notre noble famille, méritais-je d'être bafoué par un soi-disant serviteur dévoué ?

— Que me reprochez-vous, enfin ? articula péniblement le valet à bout de nerfs.

Albert d'Hangrain jeta le portefeuille à ses pieds. Joseph ne baissa pas la tête. La honte l'en empêchait. Derrière les verres brillants des lunettes, Hangrain observait sa proie. Le domestique ne devait pas tarder à fléchir.

— Vingt-cinq mille francs, envolés par le plus pur des hasards ! Constatez vous-même ! Ils y étaient, ils n'y sont plus... De la magie certainement...

S'ensuivit la pochette.

— Et j'ajoute trois cent mille francs en bons anonymes du Trésor ! Avouez qu'il y a de quoi couler des jours heureux !

— Je vous ai dit la vérité, Monsieur, que la vérité !

— Votre parole ne vaut pas grand-chose !

— Mais Monsieur !

— Vous êtes un inconscient, veule et corrompu jusqu'à la moelle !

Joseph, contraint à subir de telles injures, ne vit qu'une issue : s'enfuir ! Il ne réalisa pas l'enjeu de son geste. Il se précipita hors du bureau, dévala les escaliers quatre à quatre, traversa le jardin en hurlant :

— Pas moi ! Pas moi !

— Revenez immédiatement ! hurla Hangrain.

Joseph trébucha, s'étala dans l'herbe, rampa, continua sa course sur les genoux, se redressa et lorgna cette maison qui le rejetait comme un malpropre. Les fenêtres figées, les rideaux ne bougeaient pas. La double porte se referma sur son existence passée.

Il suivit la route qui longeait la Vésubie, parcourut quelques kilomètres puis revint sur ses pas. Il n'arrivait pas à se détacher de Saint-Michel.

Il n'était capable d'aucune tromperie et ne savait pas où aller.

18

Joseph fut arrêté sur le sentier d'Espaillart alors qu'il remontait à Saint-Michel. Il n'opposa aucune résistance. Les chaînes aux poignets et aux chevilles, on le séquestra dans une geôle à Saint-Martin-Vésubie. La population en effervescence s'agglutinait devant la gendarmerie afin d'apercevoir le prévenu. Que le comte d'Hangrain soit dévalisé, cela amusa plutôt la population. Un tel divertissement agrémenterait les veillées. Certes les exploits du bellâtre à la réputation sulfureuse alimentaient les conversations. Il avait câliné nombre de drôlesses, mais qu'il s'exhibât sans pudeur avec sa jeune maîtresse, résidant de surcroît sous le toit d'une épouse mourante, cela froissait les mœurs sensibles et rendait le domestique plutôt sympathique.

« Une punition du Seigneur ! ébruitait-on.

— Il l'a bien mérité !

— Sa vanité en prend un bon coup ! » ricanaient les soûlots dans les gargotes.

Le sort réservé au brave lampiste, certainement tombé dans un guet-apens, outrait les Vésubiens, qui protestaient que l'on s'en prenne ainsi à ce pauvre hère. Il était la victime d'une manipulation grotesque. Les fripouilles bien renseignées sur les diverses fortunes de la région ne manquaient pas.

On le maintint de force sur une chaise en bois, entravé aux barreaux. Joseph n'était plus là. Sa tête se brouillait. Que faisait-il en ce lieu enfumé aux cloisons vertes et crasseuses, entouré de gendarmes ? Sa présence lui parut inconcevable. Il devait ressurgir de cette mauvaise histoire. Parfois il souriait. Parfois il pleurait ou restait immobile, d'une impressionnante immobilité. Pas un murmure n'émanait de ses lèvres ni un trait ne bougeait. La soif le traqua. Un goût de famine pénétra sa bouche. Sa salive amère l'écœura. Il eut envie d'uriner mais n'osa pas demander. Il se retint jusqu'à ce que la vessie lâche, trempe ses pantalons et le carrelage. Une claque l'atteignit au sommet du crâne, suivie d'une raillerie de soudard :

— Un voleur et un gros porc ! hurla-t-on dans ses oreilles. Je vais te la faire lécher, ta pisse, jusqu'à la dernière goutte !

— Où as-tu caché l'argent ? vint d'une ombre tapie de l'autre côté de la pièce.

— Réponds au chef, fut craché, accompagné de tapes sèches et répétées dans les côtes.

Joseph se balança sur le siège d'avant en arrière, comme pris d'une frénésie incontrôlée. S'il se débattait, les mailles d'une nasse se resserraient et l'étranglaient jusqu'à ce qu'il en perde le souffle. Il essaya de s'échapper en rêvant au jardin, aux fleurs printanières qu'il avait semées en mars, aux rosiers parfaitement taillés qui pointaient déjà des boutons rouge vif. Il pensa à l'allée principale qu'il devait ratisser dans le même sens comme le désirait Monsieur le comte. Il appréciait particulièrement les lignes parfaites, parallèles qui aboutissaient au perron. Le parfum d'iris de Mademoiselle Eloïse l'enivra. Elle traversa le hall d'entrée et lui lança un joyeux bonjour. Un velouté sucré et poivré flotta et imprégna les tentures, de quoi le mettre de bonne humeur et annoncer une matinée particulièrement ensoleillée...

— Ne fais pas le malin avec nous ! résonna sous la lampe.

— Tu ne sortiras pas d'ici sans te déboutonner !

— Des plus coriaces sont passés entre nos mains !

— Plus vite tu t'exécutes, plus vite on en finit ! On te boucle en cellule, tu peux roupiller et basta !

Il regarda la dentition brunâtre du brigadier marteler des insanités et devina un individu peu propre sur lui. Une odeur de sueur grasse et de chique mastiquée lui monta aux narines. La bobine épatée et grossière du questionneur le ramena au bord d'un précipice sans fond.

— Le magot ! Où as-tu planqué le magot ? gueula-t-il.

Il serra très fort son avant-bras avec l'envie de faire mal et de démontrer la puissance du mâle bestial. Ses acolytes le secouèrent tellement fort que le siège se renversa sur le sol. Il se recroquevilla et gagna quelques secondes de paix. C'était bon. Il n'entendait rien, ne voyait que de gros pieds qui avaient foulé la patrie généreuse d'ici, la sienne, son berceau. Ses yeux se fermèrent. Il somnola presque. Un seau d'eau glacée le secoua. Deux gaillards moustachus le rétablirent dans sa position initiale. Ils prenaient un plaisir insigne à le torturer.

Une voix plus molle prit la suite. Elle portait des épaulettes aux galons dorés. Un gradé, se dit-il, un homme éduqué ? Les sous-fifres se retirèrent.

— Croyais-tu t'en tirer comme ça ? Monsieur le comte a toujours été magnanime à ton égard. Le tromper ainsi n'est pas chrétien ! Mon ami, quelles bêtises as-tu commises ? Sais-tu que tout se répare et se pardonne ? Ton intérêt est d'avouer. Les juges seront plus compréhensifs et le jury populaire indulgent. Peut-être n'est-ce pas toi ? Si tu n'as fait que renseigner un complice, cela n'est pas très grave ! Tu n'es pas un mauvais gars. Alors, mon brave, je t'écoute.

Il s'installa à ses côtés tel un ami à qui l'on se confie. Joseph, malgré sa bonne volonté, ne pouvait pas articuler, ni composer une phrase sensée. Que devait-il dire ? Qu'est-ce que l'officier désirait entendre ?

— Une blanche ?

Il hocha négativement le menton. Il ne buvait pas.

— Ne me fais pas perdre mon temps. Depuis très longtemps nous sommes sur tes traces, mentit le militaire pour le déstabiliser.

Joseph n'eut aucune réaction. Le gradé tapota une cigarette sur un étui argenté et s'en fut au fenestron. Il arpenta du regard l'extérieur. Les abords étaient déserts. La populace se lassait-elle déjà de l'événement ou attendait-elle de nouveaux morceaux bien croustillants ? De n'importe quelle façon, il fallait boucler ce dossier rapidement. L'honneur de l'armée était en jeu et les douaniers ne manqueraient pas de se régaler et de les chambrer s'ils se loupaient. Ils n'attendaient que la faute pour asseoir leur suprématie. C'était de bonne guerre… L'officier guettait aussi les faux pas de ses collègues, néanmoins ennemis administratifs. Il perdit patience et rappela ses subordonnés.

— J'ai d'autres chats à fouetter. Mettez-le au frais un moment, ensuite reprenez. Il faut qu'il craque ! perçut Joseph dans une sorte de brouillard confus.

La surprise fut de taille lorsque Guillaume Bonjetour dévoila auprès des autorités le préjudice subi. Qui se cachait donc derrière la façade policée du valet ? Le branle-bas de combat fut décrété et l'on rappela tous les permissionnaires. L'interpellé était-il l'auteur d'affaires non élucidées ? Les gendarmes furent convaincus d'avoir pincé un gros gibier. Les félicitations du sous-préfet ne tarderaient pas. Joseph menait-il une double existence ? L'apparence paisible du serviteur discret et dévoué ne masquait-elle pas un monte-en-l'air, un escroc de haute volée qui agit lorsque la vallée s'endort ? Son mutisme le condamnait irrémédiablement à des prouesses dont il se serait passé. L'impensable s'abattait dans les chaumières. Joseph devint malgré lui un brigand d'honneur.

« Voler les riches, ce n'est pas voler ! C'est se faire justice ! » dissertait-on sans se cacher.

« Il a piqué là où il y en a ! » assurait-on chez les commerçants.

« Tant qu'il ne touche ni les paysans ni les ouvriers, ça ne fait rien, bien au contraire… »

Des sommes astronomiques renchérissaient lors des discussions. Plus le montant s'élevait, plus les prouesses suscitaient une admiration sans borne.

Joseph s'adapta tant bien que mal à une situation qui au fil du temps s'assouplit. Les militaires, devant la popularité grandissante de leur prisonnier, se montrèrent plus amicaux. Il put enfin se nourrir et se changer grâce à des ménagères qui déposèrent midi et soir des gamelles et du linge propre.

« Pour Joseph, disaient-elles.

— Nous on doit se contenter des rations et ce bandit est gâté comme pas permis ! râlaient les geôliers. Bientôt le soir on devra le border et lui chanter une comptine pour qu'il s'endorme ! »

Aucun interrogatoire n'aboutit. Aucune révélation ne fut recueillie. Joseph semblait très loin de ce tintamarre qui le dépassait. Il eut la visite du curé qui ne le dérida point et du docteur qui le trouva en fort bonne santé. Le brigadier était impuissant, ses acolytes découragés, l'officier sceptique sur la lucidité du bonhomme.

— Soit notre homme est très fort, soit il est complètement balourd... Franchement je suis partagé. J'ai l'impression d'affronter un bloc de saindoux !

Le comte confirma que, lors de ses séjours, jamais le domestique ne s'absentait de Saint-Michel. Les investigations redoublèrent dans une zone entre Berthemont et la Vésubie. Ils fouillèrent les caves, les granges, les remises, en vain. Les informations qui circulaient sur le trésor perdu dans la nature ne tombèrent pas dans l'oreille d'un sourd. Nettou se lança dans de folles prospections. Personne ne furetait mieux que lui dans le canton.

L'odeur de l'argent le magnétisait. Le berger se cassa le nez et son avidité ne surpassa pas les méthodes policières. Ne désirant pas rentrer bredouille et subir les quolibets de ses amis, il persévéra et découvrit au cabanon de l'Alberet ce qui allait définitivement condamner Joseph : le gilet et les lettres dérobées à Hangrain et à Bonjetour. Il déboula à la brigade avec ce trophée qui valait son pesant d'or. Joseph reconnut ses affaires, l'écriture du comte sur une enveloppe mais pas celle de la seconde. Il répondit par l'affirmative à tout ce qu'on lui demandait. D'ailleurs aucun propos ni objet n'avait de l'importance à présent. Il se moquait de tout et acceptait son sort.

Saint-Martin-Vésubie se souleva dans une folie proche d'une révolution. L'hypothèse que Joseph devait cambrioler Ferdinand Casserta l'éleva au rang de maître en la matière. Les contrebandiers et les malfrats de tous bords en restèrent cois. Enfin le pays possédait un héros. Les gendarmes ne demandaient pas mieux. Ils détenaient des preuves tangibles. Ils se congratulèrent et fêtèrent leur formidable réussite.

Le fourgon qui l'emmena à la prison de Nice fut suivi sur plusieurs kilomètres par une foule qui lui adressait des signes d'amitié. Les policiers se firent copieusement vilipender. Joseph pour la première fois ne baissa pas les yeux. Il fixa intensément son accompagnateur avec une immense incompréhension. Les chaînes lui entaillaient la peau jusqu'au sang. Il avait du mal à se caler tant son corps le faisait souffrir. Les cahots de la route n'arrangeaient rien.

— Ce n'est pas moi, dit-il à la grande surprise de l'officier. Je suis innocent !

— Je m'en doute, mais il me fallait rapidement un coupable. Dans cette histoire-là, je ne pouvais perdre la figure ni mes galons. L'administration des douanes se serait réjouie de mon échec ! Tu étais au mauvais endroit au mauvais moment... Telle est ta destinée.

Joseph appuya le front contre la portière et regarda les flots gris de la Vésubie.

19

D'un revers de main, Adrien et Boniface effaçaient un horizon de glacis et de montagnes ténébreuses. Mais, avant le départ, ils se devaient d'accomplir un engagement sur l'honneur. Eugène méritait leur parole inaltérable. En fin de compte, donner une bonne leçon au cousin ne leur déplaisait pas. Casimir Maïssa devait s'expliquer sur son comportement méprisable. Certaines fautes ne pouvaient être pardonnées et ils savaient comment le toucher au plus profond de sa chair. L'avarice du fermier lui avait assuré un solide bas de laine. Il portait toujours les mêmes vêtements, ne sortait jamais, et payait au lance-pierre ses journaliers. Donc sous le matelas ou la pile de draps ou encore dans un recoin de la cave, une bourse conséquente croupissait. Une telle aubaine compenserait l'échec de Castel Vieil et arrondirait confortablement leur épargne.

Ils s'en furent en pleine nuit, par le souterrain, direction le Villars. Ils n'approchèrent pas des pistes forestières qui menaient aux cols. Les *carri*[1] et les caravanes de mulets se multipliaient en cette saison. Il fallait combler le retard dû aux grands froids. Les paysans, leurs femmes et leurs enfants, après la messe de quatre heures du matin, se dépêchaient aux travaux. Il leur fallait des heures pour atteindre les prairies. Au soleil couché, ils revenaient au village. Souvent, ils ne distinguaient plus le layon et viraient avec les attelages dans les gouffres ou les cluses. Les accidents se répétaient mais n'émouvaient pas pour autant les autorités. C'était le prix à payer pour travailler en ce pays.

Une dernière balade et s'imprégner de l'odeur de cette puissante nature tel un message d'adieu... Les cimes couvertes d'un blanc éternel leur parurent dérisoires. Un pincement au cœur les titilla mais ils relevèrent aussitôt la tête. Aucun regret ne pouvait altérer leur décision. Entre le mont Archas et Pépouiri, ils s'enfilèrent dans le cours d'un ruisselet. Les ronciers griffaient les pantalons. Le goût tenace du bois humide, de l'écorce trempée les rafraîchit. Le tintement des sonnailles, les aboiements des chiens indiquèrent la présence de troupeaux. Aux sons mêmes des cloches, ils devinaient les propriétaires et les lieux de pâturages.

---

1. Charrettes carrées à quatre roues destinées aux gros transports : billots, sable, pierres.

Une combe étroite et sinueuse les guida vers le plateau du Chastel. Le ciel sans vent s'accrochait aux crêtes et autorisait une vue grandiose. Le Villars dressait ses maisons ramassées autour de la ferme de Maïssa. Moutons et truies engrossées reposaient paisiblement dans l'étable.

Ils ôtèrent la veste et s'allongèrent sur un coin herbeux qui humait la gentiane. Ils prirent un plaisir bon enfant. Les rayons pourpres baignaient leurs corps et les entraînaient dans un farniente bienfaiteur.

— On est bien, frérot... sifflota Adrien.

— Trop bien, souffla Boniface.

— Si je ferme les paupières, je m'endors.

— T'as le temps de roupiller... Il nous faut attendre le soir en espérant que la lune se cache !

— Un drôle de bonhomme, Eugène...

— Généreux, malin, de bon conseil, instruit, contrebandier, ami des douaniers... Il a l'art de se rendre stupide et inoffensif. Enfin il possède toutes les qualités qui ont fait de nous ce que nous sommes. Si nous ne l'avions pas rencontré, nous serions aux vacheries de Salèse !

— Le hasard fait bien les choses...

Adrien bâilla et badina avec la solitude des pierres. Un aigle planait dans le moutonnement de l'air.

Au crépuscule tombé, ils s'enfilèrent dans une calade de rocaille et piquèrent droit sur la ferme de Maïssa. Sous l'auvent, ils s'assurèrent d'un calme froid et implacable. Boniface pressa les montants de la porte et souleva en même temps le loquet. Sans un bruit, ils pénétrèrent dans la cuisine. L'éleveur leur tournait le dos et aspirait bruyamment sa soupe. Le bastardoun, allongé sous la table, leva un cil, renifla une odeur connue et se rendormit aussitôt. Il n'avait aucune raison d'aboyer.

Adrien souffla la lampe à pétrole posée sur la huche. La pièce se trouva soudain envahie d'un noir d'encre. Casimir n'eut pas le temps de se redresser. Des mains posées sur chacune des épaules le clouèrent à sa place. Il lui sembla qu'un paquet de tripes froides lui remontait de l'estomac. La Grande Faucheuse venait-elle l'emporter en cette journée de printemps ? Il ne l'avait pas entendue venir, pourtant le verrou était tiré !

— Pas aujourd'hui… Mes filles sont pleines et elles ont besoin de moi !

Il tenta un signe de croix. Son bras était trop lourd pour le porter à son front.

— Mon Dieu, ayez pitié de moi ! pria-t-il.

Adrien et Boniface continuèrent leur cérémonial macabre sans se départir de rôles imprévus. Après tout, se distraire en une telle occasion ajoutait du piment.

— Les fées ne sont pas contentes de toi… vraiment fâchées ! souffla le cadet d'une voix sourde qui venait du plus profond de la gorge. Tu ne peux pas imaginer leur colère. Elles ont palabré dix lunes durant pour décider de ton sort.

Casimir baissa le crâne sur son écuelle. Sa nuque grasse aux bourrelets de limace leur donna la nausée. L'individu portait la crasse et la puanteur imprégnées sur la peau.

— Qui êtes-vous ?

Des doigts forts, très forts, pressèrent ses clavicules presque à les rompre.

— Tu n'as pas à le savoir !

— Un curé, s'il vous plaît.

— Tes fautes sont trop lourdes. Les prêtres sont destinés aux fidèles de bonne volonté.

Ses yeux roulèrent à terre. Il devina le bout d'une semelle. Ils vont m'écorcher vif ! réalisa-t-il. D'un coup il pensa à la souffrance et gémit.

— Marie de Saint-Dalmas, fais sonner tes cloches, délivre-moi !

Adrien se dirigea vers l'âtre et remua les cendres qui rougeoyèrent. Il attisa l'incandescence avec le soufflet. Les escarbilles pétèrent dans le conduit. Les émissaires des mascas. Ils dorlotent les flammes et apprivoisent les tisons ! se lamenta Casimir. Adrien apprécia la couleur rouge vif du pic à feu.

— Confesse-toi, mon ami... Nous sommes là pour t'écouter, gronda Boniface.

— Je ne suis qu'un montagnard et je vivote chichement... Juste de quoi manger et me chauffer l'hiver...

— Ne mens pas, ce n'est pas le moment ! Horace Baille et son fils Mario nous ont causé !

— Horace et Mario ?

— La mémoire te revient ! La nuit, rêves-tu à leurs visages face au peloton d'exécution ? Penses-tu à la femme de Mario qui a dû s'enfuir avec un bébé dans les bras, loin de Mollières, pour ne pas succomber à la barbarie, ou bien dors-tu d'un sommeil tranquille, satisfait de posséder ces domaines que tu as captés sur ce crime de sang qui tachera à jamais l'herbe où tes vaches se repaissent paisiblement ?

Maïssa se déconfit. Dans ses veines coulait de l'eau saumâtre. Il se demanda dans quel cauchemar il barbotait. Il était là comme tous les soirs avec son chien, avalait sa soupe, et après une cigarette sur le pas de la porte, une goutte de liqueur, une dernière visite à l'étable, se coucherait car le lendemain il fallait s'occuper d'un bétail qui n'attend pas.

— La fille de Mario a grandi au Piémont. A présent qu'elle est en âge de se marier, il faut l'aider et ne pas l'oublier dans le dénuement. Et sa vieille mère ? Il faudrait la récompenser pour son courage, comprends-tu ? C'est toi et le père du comte d'Hangrain qui en êtes les uniques responsables ! Depuis des lustres, il rôtit dans la fournaise, et le fils va suivre ! C'est horrible, Casimir, franchement horrible !

La terreur montrait Maïssa sous son vrai jour. Un être couard qui se joue de la faiblesse des besogneux et des indigents.

— Comment savez-vous tout ça ?

— Nous sommes au courant de tous tes faits et gestes. Rien n'échappe aux mascas. A combien estimes-tu la ferme du Villars et les terrains de Salèse ?

Les murs de la ferme et les plafonds s'écrasaient sur le ciboulot de Casimir.

— Je t'ai posé une question !

— Sais pas... Cinquante mille francs... Peut-être plus !

— Depuis le temps que tu exploites tes bergers, je pense qu'une cassette bien remplie doit être cachée dans quelque trou.

— Un effort, Casimir Maïssa ! hurla Adrien d'un grondement qui fit trembler les vitres.

Ils en voulaient donc à son argent et à ses propriétés ! Même mort, il n'accepterait jamais qu'on le vole ! Il emporterait avec lui ses économies.

— Pose tes mains sur la table !

Il obéit et étala ses pognes obèses aux ongles gavés de fumier.

— Ecarte les doigts !

Le tisonnier tomba entre le pouce et l'index à l'endroit où la peau est la plus fine. Une brûlure intense le saisit.

— Ce n'est qu'un début !

Une sueur infecte coula dans son cou.

— Tu vas dédommager la fille de Mario, ordonna la voix, ensuite nous verrons... Pense à tes truies qui vont crever de faim, à tes brebis qui régaleront les loups, à cette masure qui va s'effondrer, qui sera bouffée par les ronces, les orties, le lierre. Elle deviendra aveugle. Au Villars on se signera en passant devant ces murs maudits. Les gens diront : « C'était la ferme de Casimir Maïssa, celui qui a dénoncé des innocents ! » Ils cracheront sur les ruines !

— Pas mes cochons, bafouilla-t-il.

— Casimir, nous n'avons guère de temps. Les fées nous ont donné jusqu'à minuit, ensuite elles refermeront le rocher des Sorcières !

20

Des arabesques trouèrent la pénombre. Des étoiles filantes jaillirent du tisonnier en fusion et imprégnèrent la suie d'une signature de braise. Le cabot s'esquiva sous le confiturier. Le cadet allait d'un coin à l'autre, s'approchait de Casimir, se reculait, ne le laissait plus respirer. Casimir retint un hurlement. Soudain une rengaine venue de nulle part l'effondra :

— Alors, mon ami, où sont tes économies ? Je t'embroche, je te grille, je te découpe, je t'empale... Alors, mon ami, où sont tes économies...

Le pique-feu tomba entre chaque doigt de la main gauche, roussissant les phalanges. Le refrain reprit de plus belle, tel un air joyeux de farandole.

— Alors, mon ami, la vérité !

Le balancier de l'horloge effritait de terribles secondes. Les mascas prenaient la forme silencieuse des serpents de nuit. Il ne discernait plus la douleur, les brûlures, son supplice... Ses lèvres remuèrent faiblement.

— Pitié, mâchonna-t-il, pitié...

— Pitié ? rugit Boniface.

— Au fond de la cheminée !

— Enfin, nous y voilà !

Maïssa, la grande gueule, n'était plus qu'une loque. Il épela un chapelet de Pater et d'Ave, exhorta le pardon.

Ils bandèrent les yeux de leur victime, jetèrent de grands seaux d'eau sur la braise, descellèrent la plaque en fonte de l'âtre et trouvèrent derrière une brique branlante un coffret savamment bricolé afin de résister à la chaleur, contenant des rouleaux de billets, des pièces et des titres de propriété.

— Y a beaucoup de sous. Je peux payer !

— Pas de quoi acheter ta lâcheté !

La faible lueur d'espoir qui avait traversé l'éleveur s'éteignit comme happée par un courant d'air.

— Nul ne peut échapper au rocher des Sorcières !

— Pour les fées, seule la valeur de l'homme compte. Ta cupidité t'a rendu aveugle.

Ils le traînèrent à la chambre et l'étendirent sur le lit. Il voulut se débattre, mais aucun membre ne répondit. Il était prisonnier de l'enfer et prisonnier de lui-même. Boniface renversa la lampe à pétrole et jeta son briquet.

— Désolé, mais je ne peux prendre aucun risque.

Lorsqu'ils passèrent le seuil de la ferme, le rez-de-chaussée n'était qu'un immense brasier.

— Traînons pas !

Ils remontèrent au Chastel. Le feu d'artifice éclairait déjà le Villars. La cloche de la chapelle sonna le tocsin. Un craquement, le toit s'écroula, puis un mur. L'incendie gagna par nappes les dépendances et les écuries. Les ânes défonçaient les box. Les brebis bêlaient, se montaient les unes sur les autres, s'écrasaient contre le portillon. La grange à foin monta en torche et embrasa le grand marronnier de la cour.

— La messe est dite.

— Sera-t-il pardonné ? demanda Adrien.

— Au pays des crapules, il aura bien un tabouret !

— C'était quand même un cousin.

— Il n'a pas d'héritiers. Les Vitali sont sa seule famille, donc nos parents hériteront... et, à leur mort, cela nous reviendra !

Eugène leur avait préparé de délicieuses agapes. Ils ne surent pas s'il était gai ou triste, satisfait ou mélancolique, mais son humeur était resplendissante. Un temps radieux éclairait le jardin, les ruisseaux et les pâtures. Un pic épeiche piqueta l'écorce d'un bouleau, vint butiner le jet de l'auge en pierre et trempa son bavoir de plumes rousses. Les feuillages opulents se balançaient avec lenteur et troublaient à peine les nuances de vert. L'aria du vent et de l'eau, de la neige et des cols, des criques et des forêts devenait obsolète. Telle une maîtresse aguicheuse, la Vésubie roucoulait comme pour éviter une brutale séparation. Le Gélas dressait sa sévérité cristalline au-dessus des glaciers. Le Mercantour affable tentait d'influencer une dernière fois les frères. Mais le sort en était jeté.

Boniface avait cousu à l'intérieur de sa chemise un petit sac en cuir contenant leurs gains. La valise préparée, le costume de velours porté, le foulard noué autour du cou, ils étaient fin prêts.

— *Andiamo !* Plus vite on en finit, moins je penserai à vous, les enfants, dit Eugène d'un ton paternel.

Les mules attelées à un chariot bourré de bottes de paille piaffaient d'impatience. Boniface et Adrien se calèrent contre les balles. Eugène boucha le chargement avec une bâche. Le convoi s'ébranla en direction du col Saint-Martin. Par un interstice ils distinguèrent l'auberge des Granges Neuves. Des véhicules étaient rangés sur le pré.

— Le vieux n'est pas assis devant la porte. La chaise est vide.

— Laisse-le où il est ! Si tu crois qu'il nous attend pour nous féliciter, tu te mets le doigt dans l'œil !

— Et maman, t'y penses ?

— Le passé, c'est le passé.

— Elle n'était pas si mauvaise !

— Jamais elle n'a pris notre défense, s'énerva Boniface. Son auberge et ses civets valaient mieux que ses garçons !

Adrien laissa aller sa nuque contre le foin. Il ferma les paupières. Les ronflements des cascades, les complaintes de la brise, les bouillonnements des fontaines, leurs rires d'enfants s'estompaient. Ils tournaient la page et refermaient définitivement de douloureux différends.

Après un faux plat, la route descendait rapidement. Le cocher tourna la manivelle des patins pour ralentir l'équipage. Si les bêtes se laissaient aller au trot, elles risquaient de s'emballer. Les ravins bordant l'itinéraire ne permettaient aucune improvisation. Ils ne croisèrent qu'un mulet bâté, chargé de panières, au collier garni de grelots. Ils somnolèrent, ballottés par le rythme mécanique des roues. Sur les ornières ou les nids-de-poule, ils sautaient, retombaient lourdement sur la paille et éclataient de rires nerveux. Chacun voulait montrer à l'autre qu'il était fort et assuré. Passé Saint-Dalmas-de-Valdeblore, Eugène sifflota. La route plongeait sur la Tinée. De tout le parcours ils n'échangèrent pas un mot et ne fixèrent que les lattes de bois.

— On approche ! avertit Eugène. Il fait moins froid dans la Tinée que dans le Mercantour, mais c'est plus humide. On peut quand même choper la *chidenta*[1] !

Saint-Sauveur-sur-Tinée fourmillait de bruits bienfaiteurs, de cris, de vacarmes rassérénants. Ça bougeait, vibrait, sous les arcades et les porches. Les voitures à cheval se coinçaient dans les venelles étroites. Les cochers gueulaient, en italien, piémontais, provençal, patois de la vallée, s'interpellaient, rigolaient gras. Une foule se baladait sur l'avenue principale. Les gens s'accostaient bruyamment. Les dialogues étaient croustillants. Le linge pendait aux fenêtres. Les vendeurs à la criée s'égosillaient. Les flâneurs se croisaient, arpentaient les artères pour passer le temps. Ils trouvaient toujours sur un banc un groupe prêt à discutailler. Dans les impasses, on jouait aux boules ou à la moura, commandait en gueulant à boire, crachait sur le ciment. De grosses mémères sur les seuils de maisons lépreuses pastrouillaient[2]. Les gamins jonglaient au pilou. A un carrefour, le son d'un jourgina[3] accompagné d'un violon élevait son accent éculé jusque sous les faîtières. Les passants jetaient dans un chapeau des pièces trouées. Les tables des bistrots débordaient du trottoir et

1. Grippe ou coup de froid, en patois piémontais.
2. Racontaient des potins.
3. Accordéon ou piano mécanique.

encombraient la chaussée. La ville explosait. Les mirettes dehors, Boniface et Adrien ne perdaient pas une miette de cette ambiance populaire. Les innombrables lieux de rencontre, le tribunal, la mairie, l'église, les immeubles, les balcons fleuris, les terrasses, les encorbellements, ça sentait la vraie vie. Une énergie folle débauchait les renfrognés et les ronchons de tout poil ! On ne pouvait rester insensible aux sollicitations diverses. Ils avaient envie de se mêler à cette fête permanente et improvisée.

Eugène s'arrêta à la station des autobus et leur prodigua d'ultimes conseils.

— Dans une demi-heure, vous embarquez ! Installez-vous sur le siège arrière, tout au fond, et n'en bougez plus jusqu'à Nice. L'autocar stoppe à la gare des trains du Sud. Ne parlez à personne, faites semblant de roupiller. On ne vous dérangera pas. Ayez toujours l'air pauvres. Ne sortez jamais votre argent en public. Méfiez-vous des beaux parleurs, des aguicheuses qui, le soir tombé, font le pied de grue sur les pavés et n'en veulent qu'à votre pognon. Contentez-vous d'hôtels tout simples, réservés aux ouvriers, à proximité du port.

Il sortit de sa poche un carnet chiffonné, taché de quelques traces de doigts, et le donna à Boniface :

— Pour éviter les cagades. J'ai noté tous les horaires ainsi que les imprudences à ne pas commettre. A Bordeaux, on ne vous cherchera pas des poux sur le crâne, mais on ne sait jamais ! De la prudence, que de la prudence... Là-bas, faites quelques emplettes, mais toujours dans le raisonnable : des vêtements potables et sombres, des chemises de toile, une cravate, des bottines que l'on cire car, lorsque vous vous présenterez devant le cousin Arnaud, faudra avoir l'air de gaillards décidés et sûrs d'eux ! Une fois sur le bateau, vous serez définitivement en sécurité. Une dernière recommandation : n'achetez ni un billet en troisième classe, là vous voyageriez en fond de cale, ni de première, car vous intrigueriez les ficanas. Les secondes seront parfaites, assez confortables, et vous aurez droit à des couchettes. Si jamais un douanier vous incommode et vous demande vos identités, soutenez son regard avec un grand sourire et soyez polis. Cela démontrera que vous êtes honnêtes et que vous n'avez rien à vous reprocher.

— Je te serai éternellement reconnaissant, avoua Boniface avec une sincérité non feinte.

Adrien sourit. Une nostalgie touchante balaya son visage. Il fit la moue en fronçant les sourcils.

— Je ne connaîtrai jamais la merveilleuse princesse de Saint-Michel...

— Qui sait ? ajouta Eugène. Le monde est tellement imprévisible !

21

Les paysages défilaient à toute allure. Le train mû par sa puissance à vapeur tirait un chapelet de wagons. Les étincelles giclaient sous les roues. Une fumée blanche retombait sur les restanques d'oliviers aux feuillages argentés. Crissements assourdissants, cornements aigus dans les courbes, les rails les conduisaient tout droit vers la terre promise. Une chaîne de collines élégamment dessinée découpait un horizon de porphyre. La Méditerranée léchait un rivage bordé de villas semées dans une verdure exotique. Adrien et Boniface n'en revenaient pas d'une telle féerie. Les récifs rouillés de l'Estérel, piqués de prunelliers sauvages, s'enfonçaient tels des pieux sanguins au cœur des abysses. Les escarpements tranchaient l'azur à coups de lames de rasoir. Ramassés en escargots, une multitude de villages dressaient leurs remparts gris et ocre. Le romarin, le thym, le genêt embaumaient l'air ambiant.

Les frères bisquaient lorsqu'un obstacle cachait ce spectacle inédit et extraordinaire. Ils ne se quittaient jamais du regard. La banquette libre, ils prirent leurs aises. Adrien s'étourdissait des souffles qui brossaient ses cheveux en arrière. Il saisissait à pleines poignées le vent. Lors des tunnels, Boniface agrippait des deux mains la pochette cousue à l'intérieur de la chemise. Il sentait son double face à lui, prêt à toute éventualité. Malle, valises, paniers s'entassaient sur les quais. Les voyageurs pressés montaient ou descendaient, se bousculaient, s'invectivaient ou tout bonnement s'entraidaient. Les annonces énoncées par des haut-parleurs grésillants portaient à chaque gare des intonations différentes de plus en plus prononcées.

— Ils chantent presque, constata Adrien.

— Et ils parlent français !

— C'est pour ça qu'on ne comprend pas toujours...

— Faudra s'habituer...

— Surtout au Mexique ! plaisanta Adrien.

Le chef de gare en grand uniforme bleu foncé à trait vermillon agita le drapeau rouge. Un bref coup de sifflet, une secousse, la locomotive patina et ébranla le convoi. Du haut de leur banquette ils dominaient enfin la terre ; un poste d'observation sans égal. A l'affût de tout ce qui contentait l'œil, ils ne s'étaient jamais sentis aussi virils. Ils maîtrisaient la vitesse de la machine infernale. Ils franchissaient les viaducs. Les roulements sur la ferraille grondaient, s'adoucissaient, reprenaient de plus belle dans un fracas intensif.

Les étendues de vignes aux grappes vertes s'étalaient à perte de vue. Les murets en pierre sèche parfaitement rectilignes rejoignaient les courbes des mamelons crépus. D'immenses plaines plates regorgeaient de richesses agricoles. Blé, orge, maïs tendaient leurs épis vers la manne ensoleillée. Des bastides éparses, décorées d'un puits et entourées de mûriers, s'érigeaient à l'ombre des marronniers ou des platanes. Les pins n'avaient pas la même forme que ceux du Mercantour. Leurs aiguilles retombaient à l'envers vers le sol comme d'immenses parasols. Des figuiers, des pistachiers, des chênes verts tordus par le mistral formaient des tonnelles sauvages. Des haies de cyprès, de roseaux, de micocouliers pétillaient sous la chaleur.

L'estomac creusé par de telles émotions, ils déjeunèrent avec voracité et se roulèrent une cigarette.

Un peu avant Toulon, ils frôlèrent une roche abrupte, spongieuse, en forme d'arche, découpée à la scie qui masqua un instant le soleil.

Notre-Dame-de-la-Garde couronnait la cité d'un geste protecteur et emphatique.

— La mer ! s'enthousiasma Adrien.

Boniface se précipita à la fenêtre. Les voiles colorées des boutres quadrillaient les vagues. Le phare s'élevait au bout de la darse. Les bricks, les frégates, les goélettes anglaises, les trabacs ébène des océans nordiques, les tartanes de Gênes dressaient leurs mâts d'acajou rutilants. Un méli-mélo de bigues, de cordages, de gréements minaudaient en accords stridents. Les steamers et les vaisseaux de ligne fumaient. Les portefaix trapus pullulaient, l'échine ployant sous les monceaux de marchandise. Ils franchissaient les étroites passerelles vacillantes au pas de course et recommençaient aussi rapidement leur manège.

— Pas la même qu'à Nice. La côte est plus déchirée et rejoint une rade. Les barcasses sont différentes, plus pointues et plus larges.

— Parce que toi tu t'y connais en bateaux ! galéja Adrien. Aux Granges Neuves et aux Clos, il y en avait beaucoup ! Ils ont même construit un port dans la Vésubie ! Un jour j'ai même vu un type qui ramait en passant le col de Cerise !

Boniface lui administra une claque affectueuse dans le dos.

— Je suis l'aîné et j'ai toujours raison !

La locomotive renâclait tel un étalon fougueux et lâcha un jet de vapeur. Les roues motrices ronflèrent. La bête d'acier s'éloigna de la station et stoppa sous une citerne d'eau. Les employés raccordèrent un impressionnant tuyau en toile à la chaudière tubulaire. Pendant ce temps-là, les chauffeurs, le torse brillant de sueur, la figure maculée de poussière, remplissaient le tender de charbon. Repue, vibrante, préparée à un nouvel assaut, la locomotive recula comme pour mieux prendre son élan. On accrocha d'autres wagons. Un afflux de matelots se pressa aux portillons des troisièmes classes. Les sacs marins au-dessus du béret à pompon rouge, ils engageaient des joutes coquines au passage des femmes. Adolescentes, entre deux âges ou vieillissantes, chacune avait droit à un chapelet de compliments et d'invitations.

Boniface resta admiratif devant une telle désinvolture. Converser avec une inconnue demeurait un improbable supplice. Il prenait une véritable leçon de séduction. L'uniforme arrange bien des situations ! se dit-il. Il envia ces militaires qui une fois sur la terre ferme écartaient les contingences et vivaient de port en port une existence émancipée et extravagante.

Des soubresauts brutaux ; les tôles vibrèrent. Adrien et Boniface s'accrochèrent aux accoudoirs. Les valises vacillèrent dans le filet. Puis, le convoi glissa sur un véritable coussin d'air. Les garçons s'abandonnèrent à un agréable bercement.

La chartreuse de Bonpas diaprée dans un camaïeu d'ocres chauds et légers bordait la Durance. Vigie dantesque et crénelée, elle annonçait la Cité des Papes. Les aiguilles gothiques de l'antique Avignon, les ensembles de tours s'entassaient autour d'une forteresse dorée aux meurtrières en croix chaperonnées par de crapuleux mâchicoulis. Les clochers se démultipliaient avec solennité et sagesse. Les ogives dentelaient des ailerons orientaux et préfaçaient la splendeur de la foi populaire. Adrien et Boniface ne se rendirent pas compte que le train s'arrêta un court instant, vidant un lot de passagers et en accueillant de nouveaux. Le pont Saint-Bénézet soulignait la pointe du Ventoux et enjambait le Rhône. Tel un colosse fluide, celui-ci charriait des embarcations à fond plat qui transportaient du sable et du gravier. Le fleuve galopait, se divisait, contournait de nombreux îlots où paissaient des taureaux, se reformait en une langue turbulente. Une houle descendante jetait des paquets moussus sur les berges vaseuses, brodées d'une végétation déconcertante. Elles étaient si loin l'une de l'autre qu'on les distinguait à peine.

— Sapristi, on ne traverserait pas à la nage ! s'époustoufla Adrien. Le courant t'emporterait au diable vauvert !

— Pas la Vésubie, ni la Tinée ! considéra Boniface.

— J'en ai vu qui sont tombés des bacs et se sont noyés. Les tourbillons les ont avalés en un rien de temps ! L'équipage tentait bien d'envoyer des bouées, mais en vain... Les courants sont trop rapides ! « C'est la porte sainte et triomphale entre la Provence et le Languedoc[1]. »

Ils se retournèrent brutalement. Un individu bien mis, à l'allure d'un représentant de commerce, s'installa à leurs côtés, un peu trop près à leur goût. Il entama un monologue sur les dangers du Rhône et la virtuosité des mariniers.

— L'on m'a raconté aussi qu'une barge s'était retournée, un peu avant Valence. Le fleuve a englouti les chevaux, les carrioles et les passagers. On a même retrouvé des corps en Camargue ! Ils étaient mauves, gonflés, enfin pas beaux à voir.

Il raconta sa vie excitante, ses voyages, comment il traversait régulièrement la contrée pour régler ses affaires, tenta par de belles phrases d'amadouer et d'impressionner ces jeunots qui semblaient pour lui des proies faciles à embobiner. Leur tenue de *paysannas* fleurant encore la naphtaline, sortie de l'armoire pour l'occasion, ne prêtait à aucune confusion : ces gogos n'offriraient aucune difficulté à être plumés !

— Vous allez donc voir la famille ? Ou chercher du travail ? J'ai des relations solides qui peuvent vous faciliter la tâche. En ce moment, la situation

1. Frédéric Mistral à propos de Pont-Saint-Esprit.

des jeunes gens qui s'expatrient est laborieuse. Ils ne savent pas où aller ni où loger et si vous n'avez pas d'aide les difficultés s'accumulent et l'on capitule vite. On mendie dans les rues, on accepte n'importe quoi... Une existence de chien alors que l'on croyait trouver le paradis. Vous venez bien de la montagne ? Votre costume vert côtelé est du style italien, on ne peut pas se tromper.

— Qu'est-ce que ça peut vous foutre ? interjeta sèchement Adrien. De quoi vous mêlez-vous ?

— Juste pour parler... justifia le bougre. Ne vous fâchez pas ! Agriculteur, bûcheron sont des métiers qui se perdent... A présent tout le monde va à la ville... « Je suis le mois de juin, chaud et brun, couronné de touselle ! Lieuses, moissonneurs, glaneuses à l'œuvre ! Allons-y ! Fauchons ! Raclons ! Lions ! Faisons les gerbes ! Glanons ! Entre la faux et la faucille, le paysan meurt de faim. A Saint-Barnabé le seigle sort de sa peau. Pour Saint-Jean la faucille à la main. Entre Saint-Pierre et Saint-Paul plante le poireau et le chou [1]. »

Boniface serra dans sa poche le carnet d'Eugène, ne se laissa pas endormir par la récitation du sieur et redoubla de vigilance. Le charlatan insista lourdement et se mit à les tutoyer comme s'il les connaissait de longue date. Il leur proposa de jouer aux cartes ou aux dés, pour passer le temps. Il étala sur ses genoux un tapis vert.

1. *Mireille*, Frédéric Mistral.

— Narbonne est ma prochaine étape et nous ne sommes pas encore à destination.

Boniface ne répondit pas. Le cadet bouillait.

— Juste un franc par point, pour nous divertir...

— Trop pour nous...

— Le temps que nous arrivions, vous serez riches, persévéra le guignol.

Adrien se leva, se posa à ses côtés, sortit de la ceinture son couteau de chasse, le manipula entre ses doigts, fit briller la lame, se cura les ongles.

— Vous commencez à me chauffer sérieusement !

Le bellâtre, coincé entre les deux frères, tenta de se dégager.

Le cadet lui piqua avec la pointe les cuisses et les flancs. Le roublard s'excusa bassement et déguerpit aussi rapidement qu'il était apparu.

— Compliments ! souffla Boniface.

A Sète, une dame en noir se glissa à l'extrémité de la banquette. Elle leur parut très jolie et mystérieuse à la fois. Un nez fin, des yeux gris, elle regardait fixement devant elle. Elle semblait remplie d'un chagrin qui émut les Vitali. Ils ne purent distraire son attention malgré les plaisanteries courtoises d'Adrien. Elle était lointaine, si lointaine. La luminosité se voila. Un crépuscule inédit brouillait la mer. Adrien et Boniface se sentirent microscopiques.

22

Adrien allongea ses pieds, édifiant ainsi un rempart entre le couloir et son frère. La lassitude le gagna. Rester assis des heures entières lui était insupportable. Leur voisine ne desserrait toujours pas les dents. Il capitula devant l'impassibilité désagréable de la revêche.

— S'il faut, elle est morte ! On nous l'a posée là pour s'en débarrasser ! plaisanta-t-il.

Le fou rire prit les garçons. Déjà des mauvais coucheurs qui somnolaient leur lancèrent des réflexions qui ne les calmèrent pas pour autant. Par les vitres, la lune bondissait sur les clochers et les mamelons. Ils traversaient de part en part les ténèbres, abrutis par un roulement interminable et régulier. Parfois des points lumineux présageaient une ville. L'arrêt, les quais déserts, les inconnus qui se croisent... Les fortunes qui vont et viennent... Les embrassades, les déchirements... Les larmes, les au revoir...

Boniface pensa à Eugène. Comment cet extraordinaire bonhomme leur offrit la chance d'inverser le cours de leur destinée et les incita à réaliser leurs vœux. Il se souviendrait de ces mois où il avait grandi et mûri, où l'homme qui dormait en lui avait éclos. Grâce à lui, le Mercantour n'avait pas damné leurs êtres. Puis lui vinrent les Granges Neuves, les odeurs de cuisine, le visage de sa mère, les brusqueries d'Antoine, sa façon de râler... C'était comme ça, se dit-il. Partir ? Une façon comme une autre de se réaliser ! Je leur donnerai des nouvelles, une fois arrivé à Veracruz. Le père sera fier, épinglera les photos dans la salle à manger et les montrera aux convives en s'écriant : « Mes fils ! Ils sont au Mexique et ont réussi ! » La perspective de cette traversée lui donna un bonheur absolu.

Il imagina la rencontre avec le cousin Arnaud qui lui proposerait de s'associer dans le négoce des épices. Ils ouvriraient des succursales sur tout le territoire et échangeraient avec l'Europe. Son allure solennelle en imposerait. Les employés le salueraient à son passage. Et Adrien dans tout ça... réfléchit-il. Son second, cela va de soi ! Mais avant il devra s'aguerrir aux bonnes manières, maîtriser son allure, son langage, ses interventions. Il comptait bien sur le cousin germain pour lui inculquer ses devoirs et ses responsabilités, même à coups de pied aux fesses ! Ses paupières se fermèrent toutes seules. Boniface tenta vainement de résister mais le sommeil devint plus fort que sa conscience.

— Dors, mon frère, dors ! Je veille ! entendit-il.

Le crissement des roues sur les rails le fit sursauter. Il se redressa d'un bond et palpa sa chemise. La bourse était contre son torse. Un soleil éclatant éclairait la gare. Un haut-parleur nasillard annonça la fin de leur première étape.

— Bordeaux, Bordeaux, terminus ! Tout le monde descend !

— Nous y voilà ! lança joyeusement Adrien.

Il agrippa la valise, sauta du wagon et s'ébroua.

— Quelques pas me feront le plus grand bien. Je suis rouillé. Mes mollets sont en plomb.

Les voyageurs s'éparpillèrent. La gare se vida. Ils se retrouvèrent soudain seuls entre deux rames. Ils traversèrent les voies vers la sortie. L'immense place goudronnée grouillait de chars, de tombereaux, d'automobiles qui se croisaient, jouaient de l'avertisseur. Des fiacres marron, tirés par des destriers à la crinière peignée, trottaient sur de larges avenues bordées de maisons blanches en pierre dure d'une incroyable hauteur.

— Que fait-on ? T'as une idée...

— On ne s'est jamais perdus sur les sentiers, on ne va pas s'égarer à la ville ! Faut suivre la pente et l'on atteindra le port. La flotte, c'est toujours en bas.

L'*Etoile-des-Amériques* mouillait bien là, au port, amarrée à une bitte en bronze monumentale. Sa coque chevaleresque dressait sa proue vers les nébuleuses. Ses cheminées d'acier rouges, les chaloupes suspendues, les divers ponts superposés dénotaient la race d'un navire conquérant. La Garonne fusionnait avec l'Océan, s'accouplait, le repoussait, exerçait des poussées colossales, refluait, déferlait vers le large. Ici, pas d'horizon. Les lignes se perdaient sous la densité du ciel. Ils étaient au-dessous de la terre, en dessous des eaux, au-delà des tourments nuageux avec sur l'autre versant du monde une fabuleuse promesse.

Des entrepôts à perte de vue délimitaient les quais. Les pavillons de toutes les nations claquaient au vent. Les frottements d'élingues, les grincements de treuils, les crissements de poulies, une agitation inhumaine s'affairait autour de leur bateau. On chargeait des sacs de farine, des barriques de vin de Bordeaux estampillées, des tonnelets de cognac. Des plates-formes tirées par des bourriques amenaient des bidons et des caisses que les dockers chargeaient dans des filets en corde. Autour d'eux, on parlait en toutes les langues : russe, chinois, africain... Des soldats à l'allure bon enfant, cigarette au bec, arpentaient les allées d'un fouillis inextricable, n'hésitaient pas à trinquer avec les patrons et se laisser distraire par de jolies garces qui vendaient tout ce qu'un marin désire.

— Si on reste plantés là, le navire va partir, et on sera toujours sur le quai ! s'impatienta Adrien.

A l'auberge de l'Estuaire, ils firent le point sur les formalités d'embarquement. Le carnet d'Eugène leur fut d'une utilité appréciable. Tout était parfaitement indiqué et dans un ordre chronologique. Ils pignochaient dans les gamelles, regardant à droite et à gauche. Ils se rendirent à l'évidence qu'on se moquait éperdument de ces péquenauds attablés dans un coin de la gargote. La clientèle avait l'habitude des clandestins de tout poil, des errants qui se cachaient ou bien mendiaient une pièce afin de payer un transit en fond de cale.

— Ressemble-t-on à des rustiques descendus de leur montagne comme l'a prétendu ce pauvre type qui voulait nous rouler ? s'inquiéta Adrien.

— Demain nous irons nous habiller. J'ai remarqué un fripier qui vendait des effets de drap, des chemises, des chaussures. Nous prendrons aussi un manteau en laine. Pour la traversée, nous en aurons besoin !

Le douanier les jaugea d'un air méfiant des pieds à la tête. Ils gardèrent un calme apparent malgré une fébrilité grandissante. Les visas demeuraient le principal obstacle. Eugène avait noté que les fonctionnaires peu embêtants reniflaient à dix lieues à la ronde ceux qui les prenaient pour des idiots.

— Nom et prénoms !

— Vitali, Boniface et Adrien.

— Date et lieu de naissance !

Ils répondirent sans s'énerver, cachant néanmoins un profond égarement. Le préposé fouilla un monceau de papiers étalés sur le comptoir.

— Un instant !

Il disparut dans un couloir. Les garçons envisagèrent aussitôt que tout allait s'écrouler autour d'eux. Des milliers de suppositions traversèrent leurs crânes. Ce n'était pas possible que, si près du but, ils se fourrent pieds et poings liés dans une souricière ! Boniface chercha une issue. La porte vitrée ! En deux bonds ils seraient dehors et pourraient s'échapper. Mais pour aller où ? Le chef arriva tout sourire et leur demanda de le suivre. L'aventure était finie, bien finie, pensa Boniface. Adrien, livide, la mâchoire serrée, se retenait de pleurer de rage.

— Prenez place, leur dit le préposé.

Il leur indiqua de profonds fauteuils en cuir.

— Alors, les frères Vitali, c'est vous ? Félicitations, mes gaillards ! Pour des gens si jeunes vous possédez un grand esprit d'initiative. Votre cousin, l'armateur Arnaud, qui en l'occurrence est une de mes fidèles relations, m'a confié ces documents à votre intention, il y a plus de trois mois. Je dois vous les remettre en main propre et faciliter votre départ. Je vous attendais désespérément. J'ai même failli les lui renvoyer !

Il répéta :

— Donc, Boniface et Adrien ?

— C'est nous, articula difficilement l'aîné.

— Négociants, mais en quoi ?

— Epices, lâcha Boniface totalement décontenancé.

— Fallait le préciser !

Il compléta la pièce administrative.

— Voilà qui est établi. L'*Etoile-des-Amériques* vous attend, messieurs ! Monsieur Arnaud sait choisir sa flottille ! Un armateur toujours en règle, ce qui à notre époque est rare. Jamais un seul jour de retard. Un équipage qui sait se tenir. Vous pouvez être fiers de sa réussite. J'espère que vous marcherez sur ses pas et que vous serez dignes de ses ambitions. Allez, mes amis, bon vent et que les flots vous guident jusqu'aux fortifications de Veracruz, la ville de la Sainte Croix baptisée par les conquistadors, et même plus loin !

Il soupira, les yeux empreints de nostalgie.

— Le tropique du Cancer, l'isthme de Tehuantepec, le détroit du Yucatan, la mer des Antilles, Linares, Jalapa, le Rio Grande del Norte... Le bon temps où je n'étais pas cloué derrière un bureau ! Si j'avais votre âge, j'embarquerais avec vous !

Il leur serra chaleureusement la main et les escorta jusqu'à l'embarcadère.

Ils furent invités à bord par le capitaine Luis Boada avec une courtoise civilité. La voix rauque, les favoris épais et bouclés couvrant le lobe des oreilles, les joues grêlées par les embruns, il impressionnait par sa prestance d'aristocrate bougon et son autorité sans faille. Son regard suscitait crainte et respect. Les moussaillons obéissaient avec célérité aux ordres. Il démontrait qu'il était le seul maître à bord après Dieu. Le second à la tenue impeccable, casquette et gants blancs, les mena à une cabine spacieuse aux hublots cuivrés et étincelants, équipée de larges couchettes, d'une armoire en acajou, d'un bureau, d'une écritoire en cuir et décorée de gravures marines. Le parquet ciré donnait une touche exotique à cet écrin flottant.

— Trop beau pour être vrai ! lâcha Adrien.

— J'ai l'impression de m'envoler !

— La première classe, monsieur Arnaud a fermement insisté. Nous appareillerons dans trois jours. Vous pouvez demeurer à bord ou vous promener à loisir dans Bordeaux. Ce soir le capitaine vous invite à sa table. Le dîner est à vingt heures. Un commis viendra vous conduire. Une tenue correcte est exigée.

Avant de se retirer, il leur remit un pli cacheté et les salua par un léger mouvement de la nuque.

Mes cousins,

Un mois de mer vous laissera tout loisir pour vous distraire et vous informer sur cet inépuisable Eldorado, ses coutumes et surtout sur mes activités. J'espère que vous saurez tirer parti de ce minuscule coup de main car j'ai besoin de collaborateurs efficaces. Les affaires sérieuses prendront leur cours dès votre arrivée à Veracruz. Sur ce navire vous êtes chez vous. Le capitaine et l'équipage sont à votre disposition. Sur la tablette du lavabo : parfum, rasoir, savon, peigne. Ayez-en une utilisation abondante. Vous êtes à présent des gentlemen. N'oubliez pas, votre apparence compte !

Juste une dernière petite précision : une surprise de taille vous attend. Je l'espère à votre goût.

Quant à Adrien, qu'il s'accroche fort au bastingage, il en aura besoin.

Votre cousin Armand Arnaud

Des valises à soufflet et des malles remplies de vêtements de choix, des costumes élégants suspendus à des cintres, du tabac, des cigares, des livres, des journaux, des liqueurs, leur voyage avait été sciemment organisé. Adrien et Boniface se laissèrent porter sans broncher par les événements. Ce qui se déroulait était-il une simple réalité ou une magnifique prémonition ?

Les assiettes d'un mauve irisé de rose tapissaient la nappe brodée aux initiales AA entrelacées. Dans des verres tulipes, le chef de rang versa un graves de Vayres à la robe de dentelle transparente et aux éclats fruités blonds. Le capitaine porta un toast à ses hôtes :

— « C'est autour de la table que se traitent les plus belles choses de la pensée [1] ! »

Ils trinquèrent sans entrechoquer les verres et remercièrent chaleureusement l'officier, se donnant bonne contenance et se montrant dignes de cette prestigieuse sollicitation. S'ensuivit un repas de rois dont les mets choisis charmèrent et affolèrent à la fois les frères : brochet aux champignons sauvages, crépinette de caille fourrée à la moelle de bœuf pochée, bécasses à la ficelle rôties sur les sarments, salade d'asperges aux truffes râpées et cuites au porto, charlotte glacée avec ses biscuits à la cuiller, tartelettes à l'abricotine, millas [2] tout juste sorti du four dans sa tourtière vernissée.

La grand-messe des vins se poursuivit à chaque plat. Médocs, libournais, côtes-de-bordeaux, sainte-croix-du-mont-cadillac : une élévation savante et ambrée vers la joie d'un spectacle intérieur et secret. Boniface et Adrien planèrent avec les albatros aux ailes de nacre.

— Il est temps de se reposer. Le lever du soleil sur l'estuaire de la Garonne est un vrai miracle, annonça le capitaine en se retirant.

1. Talleyrand.
2. Gâteau paysan, gourmandise landaise à la vanille.

23

Boniface et Adrien jetèrent par-dessus bord leurs hardes et endossèrent des vêtements chics. Ils s'admiraient dans la glace, tournaient sur eux-mêmes, s'adressaient des félicitations et du « monsieur ». A la marée montante, les élingues tombèrent du môle. Un ordre hurlé par le second d'équipage aux hommes mobilisés sur le pont. L'*Etoile-des-Amériques* ronfla de tous ses moteurs et s'écarta du quai. L'estuaire traçait un chenal vers l'océan. Les roseaux peluchaient une jungle imprévisible d'îlots. Les vignes épousaient des coteaux vagabonds. Les carrelets encâblés aux poulies séchaient, suspendus aux cabanes sur pilotis. Bordeaux s'éloignait sous un soleil clément. Les superbes demeures ceintes de rangées d'arbres créaient un chenal originel. La terre rapetissait. Les pavillons claquaient. Ils n'exprimèrent ni joie ni liesse. Un grondement intense sourdait dans leur poitrine.

L'Atlantique gris perlé filtrait dans leurs artères jusqu'à l'éblouissement. Ils gobaient l'air salé, découvraient les alizés. L'étrave coupait les flots en sillons et traçait des lignes fuyantes. Les mouettes aux chants rauques suivaient l'écume des hélices. Les phares clignotèrent de plus en plus faiblement. Ils franchirent la frontière de partage des eaux fluviales et marines, se repaissant d'un appétit de conquêtes et d'aventures.

Bon sang, quel calme, quel repos, quelle sérénité ! respiraient les frères. La vie à bord se déroulait au rythme des astres et au son de la cloche qui annonçait les repas. A la pleine lune, ils dormirent à la belle étoile sur des fauteuils pliants, emmitouflés dans d'épaisses couvertures. Ils se dégourdirent les jambes sur le pont, se promenèrent au rythme des nuées. Les discussions avec les passagers ne s'éternisaient jamais. La prévoyance était de mise et la curiosité mère de dangers insoupçonnés. Ils profitaient aussi de ces instants sublimes pour endiabler leur imagination. Le cousin Arnaud les accueillait comme ses propres fils, leur proposait un toit, du travail, et pas n'importe quelle activité. Il évitait qu'ils ne sombrent tête baissée n'importe où, n'importe comment. Méritaient-ils une telle confiance ? Que savait-il d'eux ? Il ne les avait jamais vus, ni lus, ni entendus ! Ils n'étaient que des migrants. Ballotté comme une bouteille à la mer, Boniface avait hâte d'étreindre ce généreux parent, ce remarquable mécène, de le remercier de ses attentions.

— Il est des êtres bons, sans a priori.

— Ou nous avons une veine de cocus... répliqua Adrien. Le bouc d'Eugène doit en rougir !

Boniface lui adressa une bourrade dans les côtes.

— Gaffe à ce que tu dis ! N'oublie pas que nous allons rentrer dans le grand monde. Alors, de la tenue !

Le cadet esquissa une moue moqueuse.

— En costume ou pas, pour le moment on ressemble toujours à des Vésubiens ! Si tu crois que le cousin Arnaud a débarqué avec la bouche en cul de poule et des manières de chochotte ! Il venait de Jausiers, et les Bas-Alpins, tu les connais. Comme bouseux il n'y a pas mieux. Il devait avoir encore collé sous les semelles le crottin de ses porcheries. Ces manières et ces trucs de femmelettes, il les a appris sur le tas. Et je ne suis pas plus bête que lui. Les courbettes sont plus simples que la pioche, la pelle ou le chanvre. Je saisirai ma chance sans défaillir ni te faire honte. Bonjetour, Hangrain, Casserta comparés à moi ne seront que de simples métayers...

Les jours s'écoulaient sans qu'aucune ombre n'entachât un merveilleux bien-être. Le long-courrier filait, tranchant la brume. Des formes floues s'effaçaient en volutes phosphorescentes. Les nuages se décomposaient en lointaines illusions. Ils baignaient dans le grand silence des flots. Un soleil cuivré colorait une interminable onde mouchetée puis déclinait sur tribord et s'abîmait à l'ouest. Les paupières fermées, envahis par le roulis, leurs prunelles battaient d'un merveilleux divertissement. Soudain Boniface agrippa par la manche Adrien.

— J'ai des hallucinations ou le mal de mer ?

— Remets-toi, frérot !

— En bas sur le pont inférieur ! L'homme en veston gris et la femme au chapeau de paille !

— Quoi, en bas ?

Il pointa le doigt sur un couple accoudé au bastingage inférieur qui se concertait agréablement. Le voyageur portait une casquette, une veste élimée et des grolles de montagnard. La robe élégante de sa compagne, au col de dentelle, à la taille fine marquée par une ceinture brodée, le large chapeau de paille entouré d'un foulard mauve piqué sur le chignon tranchaient avec la rusticité du premier.

— Lui ? Elle ? Nom d'un chien enragé ! Ces silhouettes ! s'écria Boniface déconfit. C'est quoi encore ce pataquès ?

Le duo se découvrit, avança vers eux et les salua. L'échelle de coupée gravie, l'homme annonça solennellement :

— La surprise du cousin Arnaud, c'est nous !

— Eugène !

— Non, mon gars, monsieur Baille, futur propriétaire et négociant... Cette demoiselle est ma nièce Eloïse, la fille de Mario, celui qui a été fusillé avec son père par les Italiens, aux vacheries de Salèse, grâce au fameux Casimir Maïssa. Elle avait quelques sérieux comptes à solder.

Boniface le foudroya du regard. Il se demanda quel nouveau bobard l'éleveur de Saint-Martin-Vésubie allait inventer et s'il devait faire semblant de le croire.

— Eugène, ici sur ce bateau, avec sa nièce, une poulette qui fréquentait le comte d'Hangrain. Nous l'avons vue à Saint-Michel. Je suis en train de perdre la tronche !

— Mais non, Boniface, calme-toi. J'ai toujours eu envie de partir et l'occasion s'est présentée. Eugène Baille a le droit aussi de rêver... Nous avons juste emprunté le train du lendemain et nous vous avons suivi à une journée d'écart. Simple comme bonjour !

— Et tout ce cirque jusqu'à Saint-Sauveur-sur-Tinée ?

— D'utiles précautions.

— A chaque rencontre, tu m'en sors une !

— Si nous nous installions confortablement à une table ? L'histoire sera longue et passionnante, je te le jure.

— Ne jure pas, je ne veux que la stricte vérité.

Adrien ne se détachait pas d'Eloïse. Elle ne se détournait pas. Peu importe ce que les deux compères racontaient, des pensées vertigineuses, une extase quasi religieuse les élevaient au-dessus du commun des mortels. Les cheveux de la belle, sa peau blanche, ses doigts si délicats, ses ongles vernissés de rose transperçaient l'aurore. Nul ne l'atteignait. Adrien pénétrait un jardin d'éden.

— Il ressemble à un épagneul à l'arrêt devant le terrier d'un lièvre, sourit Eugène.

— Trêve de plaisanterie. A présent, j'attends tes explications du début à la fin sans omettre un épisode.

— Pas de lézard, gamin, il a été convenu avec monsieur Arnaud que cela se déroulerait ainsi.

Eloïse et Adrien disparurent jusqu'à la poupe, délaissant le face-à-face de Boniface et d'Eugène. Ils se tenaient par la main, se noyaient d'embruns, figés telle une peinture sacrée. Une eau très bleue, presque transparente, léchait le navire. Baille rompit cette vision idyllique.

— Une année avant votre venue à la ferme, une toute jeune fille se présenta aux Clos. Eloïse, ma nièce, revenait d'un interminable exil. Sa mère sur son lit de mort lui révéla la terrible dénonciation, le supplice d'Horace, de Mario, l'humiliation qui s'ensuivit, la fuite de Mollières, la honte qui s'abattit sur les Giuge. Elle lui fit jurer vengeance.

Casimir Maïssa et la dynastie d'Hangrain devaient payer pour leurs crimes. Eloïse possédait un atout majeur et une arme redoutable : sa beauté. Elle fréquenta sur mes conseils les hôtels de cure de Berthemont où était soignée l'épouse du comte d'Hangrain. Le séducteur faible par la volupté et la chair tomba telle une feuille morte. Mais c'était compter sans le caractère de ma nièce qui jamais ne faiblit, ne succomba pas aux avances et mena le bellâtre par la barbichette. Elle le fit ramper à ses pieds, usa largement de sa fortune. Plume après plume, elle le dépouillait. Il bavait, lui promettait qu'au décès de sa femme il l'épouserait. Cela démontre la qualité et l'honneur du fourbe. Puis vous êtes tombés du ciel. En vous observant, je fus de suite persuadé que vous étiez des solides. Je vous ai testés sur quelques coups et vous vous en êtes fort bien tirés. La contrebande, c'était du gagne-petit, mais je ne voulais pas vous embarquer dans des affaires sordides. Votre volonté, votre détermination, votre envie de vous en sortir me menèrent à penser autrement. Vous deviez réussir votre vie ! Des seigneurs logeaient sous mon toit et il leur fallait un sérieux coup de pouce. Je me revoyais adolescent avec mes illusions, muselé par un paternel autoritaire et borné, alors je me suis promis que cela ne recommencerait pas. Pourquoi toi et Adrien ? Je n'en sais rien, vous étiez là et ma solitude avait besoin de votre présence. Puis, un soir, tu me racontes la lettre du cousin germain et son invitation au Mexique. La solution était là, bien là. Saint Donnat me redonnait la vue. *Vé un bel sant ! Coumo's bello !* J'ai correspondu avec Arnaud des mois durant sans que vous vous en doutiez et nous avons monté un stratagème sans précédent. Il était votre protecteur. J'étais votre guide, celui qui a arrangé votre voyage et vous a accompagnés sur l'*Etoile-des-Amériques* !

Boniface avala deux verres d'alcool, dévisagea les vagues et se sentit légèrement fatigué.

— Pourquoi le vol chez les comtes, alors ?

— Il fallait donner le coup de grâce et accomplir la promesse d'Eloïse à sa mère. Les bons anonymes du Trésor que vous avez découverts à Saint-Michel, c'était ma nièce qui les avait mis en évidence, et vous n'avez pas failli. Hangrain est à présent ruiné car tout le reste de sa fortune appartient à sa femme, et elle n'est pas près de la lui léguer ! Le curé de Saint-Martin-Vésubie, très strict sur les principes moraux, n'a pas apprécié que ce monsieur baguenaude avec une jeunette devant ses paroissiens alors que la vieille crevait. Lors d'une confession, elle lui remit son testament et légua la totalité de ses biens et propriétés à l'église Notre-Dame-de-l'Assomption.

— Casserta et Bonjetour ?

— Juste des leurres pour ne pas attirer l'attention sur Eloïse.

— Joseph, le valet ?

— Hélas, le seul perdant de l'affaire... Mais il n'avait plus toute sa tête. En prison ou à Saint-Michel, c'est du pareil au même. Il sera toujours l'esclave de quelqu'un !

— Casimir Maïssa ?

— Pauvre berger... Il ne fallait pas qu'il s'endorme avec sa pipe. Un accident est si vite arrivé !

— Le cousin Arnaud est-il au courant de tout cela ?

— Bien sûr que non ! Boniface, pour qui me prends-tu ? Un secret est un secret. Mais au fond de moi-même, je pense qu'il apprécierait...

24

Deux années s'écoulèrent, ponctuées de lettres régulières en provenance du Mexique. Antoine Vitali ne les lisait pas. Il les cachait au fond de l'armoire avec celles du maudit cousin Arnaud, telle une honteuse malédiction qui s'abattait sur sa famille. Sur son banc, adossé à la façade des Granges Neuves, il n'en finissait pas de ressasser l'épopée de ses fils. Bien sûr, à Saint-Martin-Vésubie on le félicitait, mais il ne s'en réjouissait pas. Qui prendrait la suite de l'auberge ? Il se sentait las et triste. Ses forces s'émoussaient. Son avenir se comptait en levers du soleil.

Madeleine s'assit à ses côtés, un tricot à la main. Les aiguilles tremblaient. La laine s'emmêlait. Le chien était mort. Ils étaient seuls au bord d'une route plus que solitaire.

— Reviendront-ils un jour ?

— Tu n'avais qu'à pas les mettre à la porte !

— C'est loin le Mexique ? lui demanda-t-il.

— On prend le train et après…

Elle fit un geste désabusé de la main vers le Gélas.

— Et après ?

— Après, répondit-elle, ce n'est pas pour nos vieilles carcasses !

Des larmes coulèrent sur les joues creusées d'Antoine Vitali. Jamais le Mercantour ne lui parut aussi sauvage !

Remerciements

Au musée de la douane de Saint-Martin-Vésubie.
A la revue *Pays Vésubien*.

DU MÊME AUTEUR

Romans

La Carriole, Editions Phébus, 1995 (Prix Gironde 1995)
Le Jas des terres longues, Editions du Comptoir, 1997
Le Bois des Malines, Presses de la Cité, 1999
La Nuit des abeilles, Albin Michel Jeunesse, 2000
Fugue italienne, Editions Jean-Claude Lattès, 2000
Les Roses de décembre, Presses de la Cité, 2001
Le Bâtisseur de chapelles, Presses de la Cité, 2001
Louise de Mirabeau, La Marquise rebelle, Editions Anne Carrière, 2002, avec William Luret
Le Moulin de Siagne, Presses de la Cité, 2003
Un parfum de rose, Presses de la Cité, 2004
La Symphonie des loups, Presses de la Cité, 2005
Gaspard de Besse, Editions du Rocher, 2005
La Cour de récré, Presses de la Cité, 2006
Les Hauts de Cabrières, Presses de la Cité, 2008

Livres d'art et de photographies

Nice 360°, Editions Priuli-Verlucca, Turin, 2001 (français – italien – anglais)
Garde Fou, Editions lithographiques Georges Point, 1984

Littérature jeunesse

Terre est une vague amoureuse, Editions Grandir, 1991. Illustrations Haruhiko Kawasaki

L'Enfant de nacre, Editions Grandir, 1991. Gravures Elbiot Mazet

Le Chapeau de Myrtille, Editions Grandir, 1992. Illustrations Kota Tanuichi

Le Fil d'Ariane, Editions Grandir, 1994. Gravures Elbiot Mazet

Jérôme le fantôme, Editions Grandir, 1994. Illustrations Françoise Malnuit

Les Deux Frères et la Pierre de miroir, Editions Grandir, Alain Sèbe Image, 1994

Le Buveur d'étoiles, Editions Lo Païs, 1997. Illustrations Joly Guth

Marie et l'Etoile perdue, Editions du Ricochet, 1998. Illustrations Joly Guth (Prix 83 du livre jeunesse 1998)

Poemios au vent méchant, Pluie d'étoiles Editions, 1999. Illustrations Joly Guth

Dis, Pierrot, c'est quand la récré ? Editions Lo Païs, 1999. Illustrations Joly Guth

Graine de lilas, Editions du Ricochet, 2000. Illustrations Joly Guth

La Gazelle aux yeux d'or, Albin Michel Jeunesse, 2002

Sagesses et malices du Touareg qui oublia son chameau, Albin Michel Jeunesse, 2003

Les Jardins de l'île, Editions du Rocher, 2003

Marie Poulpin's, Editions de l'Envol, 2004

Miloko, Editions du Rocher, 2004

La Complainte de Brindebout, Editions de l'Envol, 2005

Aména, ou la Légende du vent doux, Editions du Rocher, 2005

Poésie

Non-initiation, Les Paragraphes littéraires, Paris, 1978
La Mort de José Luis, Editions La Table rase, 1980
Maux dire, Editions Le Temps parallèle, 1982
Equinoxe du silence, Editions Le Temps parallèle, 1983
Du rouge sous les ongles, Editions Le Temps parallèle, 1986. Préface Jean Bouhier
Les Mains de pierre, La Bartavelle Editeur, 1988
L'oubli est un nuage silencieux, La Bartavelle Editeur, 1992

Théâtre

Les Braises de la liberté, La Bartavelle Editeur, 1989
Le corps qui parle, Les Cahiers de l'Egaré, 2001
Une journée avec des anges, Radio France, 2002

ANTHOLOGIES

La Poésie du XXe siècle, t. III, Robert Sabatier, Editions Albin Michel, 1998
Anthologies des poètes du bonheur, André Giovanni, Le Cherche Midi Editeur, 1990
Poésie I, n° 14, Poètes du Sud, Jean-Max Tixier, Le Cherche Midi Editeur, 1998
Découverte des herbes de Provence, Gilbert Fabiani, Editions Equinoxe, 1998
Fleurs d'oliviers, Jacques Bonnadier et Joseph Pacini, Editions Alain Barthélemy, 2005
Le Goût de la rose, Ingrid Astier, Mercure de France, 2008

PRODUCTION JEANNINE BALLAND
Romans « Terres de France »

Jean Anglade
Un parrain de cendre
Le Jardin de Mercure
Y a pas d'bon Dieu
La Soupe à la fourchette
Un lit d'aubépine
La Maîtresse au piquet
Le Saintier
Le Grillon vert
La Fille aux orages
Un souper de neige
Les Puysatiers
Dans le secret des roseaux
La Rose et le Lilas
Avec le temps...
L'Ecureuil des vignes
Une étrange entreprise
Le Temps et la Paille
Les Ventres jaunes
Le Semeur d'alphabets
La Bonne Rosée
Un cœur étranger
Les Permissions de mai
Sylvie Anne
Mélie de Sept-Vents
Le Secret des chênes
La Couze
Ciel d'orage sur Donzenac
La Maîtresse du corroyeur
Un horloger bien tranquille
Un été à Vignols
La Lavandière de Saint-Léger
Jean-Jacques Antier
Tempête sur Armen
La Fille du carillonneur
Marie-Paul Armand
Le Vent de la haine
Louise Benoît
La Maîtresse d'école
La Cense aux alouettes
L'Enfance perdue
Un bouquet de dentelle
Au bonheur du matin
Le Cri du héron
Le Pain rouge
La Poussière des corons
Nouvelles du Nord
La Courée
Victor Bastien
Retour au Letsing
Henriette Bernier
L'Enfant de l'autre
L'Or blanc des pâturages
L'Enfant de la dernière chance
Le Choix de Pauline
La Petite Louison
Petite Mère
Françoise Bourdon
La Forge au Loup
La Cour aux paons
Le Bois de lune
Le Maître ardoisier
Les Tisserands de la Licorne
Le Vent de l'aube
Les Chemins de garance
La Figuière en héritage
Patrick Breuzé
Le Silence des glaces
La Grande Avalanche
La Malpeur
Nathalie de Broc
Le Patriarche du Bélon
La Dame des Forges
La Tresse de Jeanne
Loin de la rivière
La Rivière retrouvée
Annie Bruel
Le Mas des oliviers
Les Géants de pierre
Marie-Marseille
Michel Caffier
Le Hameau des mirabelliers

La Péniche Saint-Nicolas
Les Enfants du Flot
La Berline du roi Stanislas
La Plume d'or du drapier
L'Héritage du mirabellier
Marghareta la huguenote
Jean-Pierre Chabrol
La Banquise
Claire Chazal
L'Institutrice
Didier Cornaille
Les Labours d'hiver
Les Terres abandonnées
Etrangers à la terre
L'Héritage de Ludovic Grollier
L'Alambic
Georges Coulonges
Les Terres gelées
La Fête des écoles
La Madelon de l'an 40
L'Enfant sous les étoiles
Les Flammes de la Liberté
Ma communale avait raison
Les blés deviennent paille
L'Eté du grand bonheur
Des amants de porcelaine
Le Pays des tomates plates
La Terre et le Moulin
Les Sabots de Paris
Les Sabots d'Angèle
La Liberté sur la montagne
Les Boulets rouges de la Commune
Pause-Café
Anne Courtillé
Les Dames de Clermont
Florine
Dieu le veult
Les Messieurs de Clermont
L'Arbre des dames
Le Secret du chat-huant
L'Orfèvre de Saint-Séverin
La Chambre aux pipistrelles
Paul Couturiau
En passant par la Lorraine
Annie Degroote
La Kermesse du diable
Le Cœur en Flandre
L'Oubliée de Salperwick
Les Filles du Houtland
Le Moulin de la Dérobade
Les Silences du maître drapier
Le Colporteur d'étoiles
La Splendeur des Vaneyck
Les Amants de la petite reine
Un palais dans les dunes
Alain Dubos
Les Seigneurs de la haute lande
La Palombe noire
La Sève et la Cendre
Le Secret du docteur Lescat
Constance et la Ville d'Hiver
Marie-Bernadette Dupuy
L'Orpheline du bois des Loups
Les Enfants du Pas du Loup
La Demoiselle des Bories
Le Chant de l'Océan
Le Moulin du Loup
Elise Fischer
Trois Reines pour une couronne
Les Alliances de cristal
Mystérieuse Manon
Le Soleil des mineurs
Les cigognes savaient
Confession d'Adrien le colporteur
Laurence Fritsch
La Faïencière de Saint-Jean
Alain Gandy
Adieu capitaine
Un sombre été à Chaluzac
L'Enigme de Ravejouls
Les Frères Delgayroux
Les Corneilles de Toulonjac
L'Affaire Combes
Les Polonaises de Cransac
Le Nœud d'anguilles
L'Agence Combes et Cie
Suicide sans préméditation
Fatale Randonnée
Une famille assassinée
Le piège se referme
Gérard Georges
La Promesse d'un jour d'été
Les Bœufs de la Saint-Jean
L'Ecole en héritage

Le Piocheur des terres gelées
Les Amants du chanvre
La Demoiselle aux fleurs sauvages
Jeanne la brodeuse aux fils d'or
Denis Humbert
La Malvialle
Un si joli village
La Rouvraie
L'Arbre à poules
Les Demi-Frères
La Dernière Vague
Yves Jacob
Marie sans terre
Les Anges maudits de Tourlaville
Les blés seront coupés
Une mère en partage
Un homme bien tranquille
Hervé Jaouen
Que ma terre demeure
Au-dessous du calvaire
Les Ciels de la baie d'Audierne
Les Filles de Roz-Kelenn
Michel Jeury
Au cabaret des oiseaux
Marie Kuhlmann
Le Puits Amélie
Guillemette de La Borie
Les Dames de Tarnhac
Le Marchand de Bergerac
La Cousette de Commagnac
Jean-Pierre Leclerc
Les Années de pierre
La Rouge Batelière
L'Eau et les Jours
Les Sentinelles du printemps
Un amour naguère
Julien ou l'Impossible Rêve
A l'heure de la première étoile
Hélène Legrais
Le Destin des jumeaux Fabrègues
La Transbordeuse d'oranges
Les Herbes de la Saint-Jean
Les Enfants d'Elisabeth
Les Deux Vies d'Anna
Les Ombres du pays de la Mée
Louis-Jacques Liandier
Les Gens de Bois-sur-Lyre
Les Racines de l'espérance
Jean-Paul Malaval
Le Domaine de Rocheveyre
Les Vignerons de Chantegrêle
Jours de colère à Malpertuis
Quai des Chartrons
Les Compagnons de Maletaverne
Le Carnaval des loups
Les Césarines
Grand-mère Antonia
Une maison dans les arbres
Une reine de trop
Une famille française
Le Crépuscule des patriarches
La Rosée blanche
L'Homme qui rêvait d'un village
Dominique Marny
A l'ombre des amandiers
La Rose des Vents
Et tout me parle de vous
Jouez cœur et gagnez
Pascal Martin
Le Trésor du Magounia
Le Bonsaï de Brocéliande
Les Fantômes du mur païen
La Malédiction de Tévennec
L'Archange du Médoc
Louis Muron
Le Chant des canuts
Henry Noullet
La Falourde
La Destalounade
Bonencontre
Le Destin de Bérengère Fayol
Le Mensonge d'Adeline
L'Evadé de Salvetat
Les Sortilèges d'Agnès d'Ayrac
Le Dernier Train de Salignac
Michel Peyramaure
Un château rose en Corrèze
Les Grandes Falaises
Frédéric Pons
Les Troupeaux du diable
Les Soleils de l'Adour
Passeurs de nuit
Jean Siccardi
Le Bois des Malines

Les Roses rouges de décembre
Le Bâtisseur de chapelles
Le Moulin de Siagne
Un parfum de rose
La Symphonie des loups
La Cour de récré
Les Hauts de Cabrières
Bernard Simonay
La Fille de la pierre
La Louve de Cornouaille
Jean-Michel Thibaux
La Bastide blanche
La Fille de la garrigue
La Colère du mistral
L'Homme qui habillait les mariées
La Gasparine
L'Or des collines
Le Chanteur de sérénades
La Pénitente
L'Enfant du mistral
Jean-Max Tixier
Le Crime des Hautes Terres
La Fiancée du santonnier
Le Maître des roseaux
Marion des salins
Le Mas des terres rouges
L'Aîné des Gallian
L'Ombre de la Sainte-Victoire
Brigitte Varel
Un village pourtant si tranquille
Les Yeux de Manon
Emma
L'Enfant traqué
Le Chemin de Jean
L'Enfant du Trièves
Le Déshonneur d'un père
Blessure d'enfance
Mémoire enfouie
Louis-Olivier Vitté
La Rivière engloutie
L'Enfant des terres sauvages
L'Inconnue de la Maison-Haute
Colette Vlérick
La Fille du goémonier
Le Brodeur de Pont-l'Abbé
La Marée du soir
Le Blé noir

Polars de France

Pascal Martin
La Traque des maîtres flamands
Jean-Max Tixier
Le Juge de paix

Romans

Sylvie Anne
L'Appel de la pampa
Jean-Jacques Antier
Marie-Galante, La Liberté ou la Mort
La Dame du Grand-Mât
Le Sixième Condamné de l'Espérance
Erwan Bergot
Les Marches vers la gloire
Sud lointain
tome I *Le Courrier de Saïgon*
tome II *La Rivière des parfums*
tome III *Le Maître de Bao-Tan*
Rendez-vous à Vera-Cruz
Mourir au Laos
Jean Bertolino
Chaman
Fura-Tena
Jean-Baptiste Bester
Bois d'ébène
Michel Caffier
Le Découvreur du Mississippi
Anne Courtillé
Le Mosaïste de Constantinople
Paul Couturiau
Le Paravent de soie rouge
Le Paravent déchiré
L'Inconnue de Saigon
Les Amants du fleuve Rouge
Le Pianiste de La Nouvelle-Orléans
Les Brumes de San Francisco
Paradis perdu
Cent Ans avant de nous séparer
Annie Degroote
L'Etrangère de Saint-Pétersbourg
Alain Dubos
Acadie, terre promise
Retour en Acadie
La Plantation de Bois-Joli
La Baie des maudits
Elise Fischer
L'Enfant perdu des Philippines
Hubert Huertas
Nous jouerons quand même ensemble
La Passagère de la « Struma »
L'Orque de Magellan
Terminus Pondichéry
Denis Humbert
Un été d'illusions
Gérard A. Jaeger
Pour l'amour de Blanche
Hervé Jaouen
L'Adieu au Connemara
Le Testament des McGovern
Suite irlandaise
Diane Lacombe
L'Hermine de Mallaig
La Châtelaine de Mallaig
Sorcha de Mallaig
Eric Le Nabour
Orages sur Calcutta
Les Démons de Shanghai
Les Jardins d'Istanbul
Sonia Marmen
La Vallée des larmes
La Saison des corbeaux
La Terre des conquêtes
La Rivière des promesses
Dominique Marny
Du côté de Pondichéry
Les Nuits du Caire
Cap Malabata
Mes nuits ne sont pas les vôtres
Du côté de Bombay

Juliette Morillot
Les Orchidées rouges de Shanghai
Michel Peyramaure
Le Roman de Catherine de Médicis
Le Pays du Bel Espoir
Les Fleuves de Babylone
Les Tambours sauvages
Le Temps des moussons
Les Roses noires de Saint-Domingue
La Porte du non-retour
Bernard Simonay
Les Tigres de Tasmanie
La Dame d'Australie
Princesse maorie
L'Appel de l'Orient
Jean-Michel Thibaux
Le Roman de Cléopâtre
La Fille de Panamá
Tempête sur Panamá
La Pyramide perdue
La Cinquième Courtisane
La Danseuse sacrée
Colette Vlérick
Le Domaine du belvédère

Composition et mise en pages : FACOMPO, Lisieux

Cet ouvrage a été imprimé en France par

CPI
Bussière

à Saint-Amand-Montrond (Cher)
en février 2009

N° d'édition : 7640. — N° d'impression : 090289/1.
Dépôt légal : février 2009.